天山樓

천산루

조도형 新무협 판타지 소설

FANTASTIC ORIENTAL HEROES

천산루 9

조돈형 新무협 판타지 소설

초판 1쇄 찍은 날 § 2015년 8월 18일
초판 1쇄 펴낸 날 § 2015년 8월 25일

지은이 § 조돈형
펴낸이 § 서경석

편집책임 § 이창진

펴낸곳 § 도서출판 청어람
등록번호 § 제387-1999-000006호
등록일자 § 1999. 5. 31
어람번호 § 제2-2599호

주소 § 경기도 부천시 원미구 부일로 483번길 40 서경B/D 3F (우) 420-822
전화 § 032-656-4452 팩스 § 032-656-4453
http://www.chungeoram.com
E-mail § chungeorambook@daum.net

ISBN 979-11-04-90370-0 04810
ISBN 979-11-316-9083-3 (세트)

천산루

天山樓

조도형 新무협 판타지 소설

9

FANTASTIC ORIENTAL HEROES

도서출판 청람

天山樓

천산루

제63장 사투(死鬪)   7

제64장 오월동주(吳越同舟)   37

제65장 생(生)과 사(死)   81

제66장 부활(復活)   117

제67장 불구대천(不俱戴天)   151

제68장 사천(四川)으로   189

제69장 사천암운(四川暗雲)   233

63장

사투(死鬪)

　스스로를 '절대자'라 칭하는 단우 노야의 오만함을 보면서도 진유검은 별다른 반박을 하지 않았다.

　절대자라는 말만큼 눈앞의 노인을 잘 설명할 수 있는 단어가 없었으니까.

　잠시 단우 노야를 살피던 진유검이 물었다.

　"산외산에서 오셨습니까?"

　단우 노야는 부인하지 않았다.

　"그런 셈이지. 이런 식으로 만나고 싶지는 않았다만 못난 제자 놈 때문에……."

단우 노야의 싸늘한 시선이 여전히 정신을 잃고 있는 묵첩파에게 향했다.

"뭣하느냐? 치우지 않고."

단우 노야의 일갈에 눈치만 보고 있던 석파행 등이 황급히 묵첩파를 안아 들었다.

진유검은 인요후가 묵첩파의 몸 위로 떨어진 천마수를 조심히 챙기는 것을 보았지만 지금 상황에선 천마수를 운운해 봐야 아무런 의미가 없다 판단하고 침묵했다.

석파행 등이 묵첩파를 옮기는 사이 독고무 또한 천마신교의 수뇌들에 의해 이송되었다.

야수궁에서 묵첩파를, 천마신교에서 독고무를 살리기 위해 온갖 소란을 떠는 모습을 보며 잔뜩 눈살을 찌푸린 단우 노야가 혀를 차며 말했다.

"수선을 떨기는. 이래서 조용한 곳에서 만났으면 했거늘. 자넨 어찌 생각하나?"

단우 노야가 진유검에게 시선을 돌렸다.

진유검을 찬찬히 살피는 단우 노야의 묘한 눈빛이 차갑게 빛났다.

진유검은 단우 노야에게 자신의 모든 것이 낱낱이 해부되는 듯한 느낌을 받으면서도 별다른 움직임을 취하진 않았다. 그 역시 같은 눈으로 단우 노야를 살피고 있기 때문이었다.

"놀랍구나. 아니, 놀랍다는 것으론 부족해. 도저히 이해가 되지 않아."

단우 노야가 곤혹스런 표정으로 고개를 저으며 물었다.

"인간의 몸으로 어떻게 그런 내력을 쌓은 것이냐?"

"어르신 또한 만만치는 않습니다만."

진유검 역시 단우 노야의 힘을 제대로 파악한 것인지 놀란 기색이 역력했다.

"삼 갑자 세월이다. 노부가 살아온 세월을 생각하면 당연한 것 아니더냐?"

단우 노야는 삼 갑자라는 말을 아무렇지도 않다는 듯 내뱉었지만 듣는 사람들은 그럴 수가 없었다.

무공을 익히지 않은 사람들은 둘째 치고 무림에서 이름 높은 원로들의 면면을 살펴봐도 백 세를 넘긴 사람은 그야말로 극소수에 불과했다.

전전대 무황이 백 세를 넘겼을 때 반로환동을 했느니 신선경에 이르렀느니 하며 온갖 소문이 돌았고 자그마한 선방에서 경전을 연구하며 평생을 보낸 소림사의 어느 노승이 백 세를 넘겼을 땐 활불이 탄생했다며 무림은 물론이고 황궁에서도 사람이 나와 정중히 예를 표할 정도였다.

하물며 삼 갑자라니!

인간의 몸으로선 도저히 상상할 수 없는 세월이었다.

하지만 단우 노야의 입장에선 삼 갑자의 세월을 살아온 자신보다는 이제 겨우 이십 대를 넘긴 진유검이 자신과 버금가는, 어쩌면 그 이상의 내력을 지녔을지도 모른다는 사실이 더 경악할 만한 일이었다.

"아픈 역사가 있지요."

진유검은 자신에게 모든 내력을 물려주고 목숨을 잃은 작은할아버지를 떠올리며 씁쓸하게 웃었다.

의협진가의 시조가 무영도에 칩거한 이후, 무명초자의 무공을 완성하기 위해 평생을 바쳤던 선조들은 가문의 숙원을 해결하는 데 어떻게든 도움을 주기 위해 말년에 이르러선 후손에게 자신의 내력을 모두 주고 생을 마감했다.

그러나 온전히 내력을 전수한다는 것은 생각보다 쉬운 일이 아니었다.

대부분의 경우 일정 수준의 내력 상승 이후엔 별다른 효과가 없었는데 수많은 연구 끝에 몇 대 전의 무영도주가 여의공(如意功)이라는 희대의 괴공을 완성해 마침내 이를 극복해 냈다.

하지만 중요한 것은 단순히 내력이 깊다고 무공의 깊이가 깊어지는 것은 아니고 그에 걸맞은 깨달음이 필수적으로 따라야 한다는 것이다.

여의공이라는 괴공이 탄생한 이후에도 무명초자의 무공이 완성되지 못한 것이 그것을 증명했다.

어쨌든 그런 선조들의 필사적인 노력 덕분에 실로 막강한 내력을 지니게 된 진유검은 어지간한 내력으론 흉내도 내지 못하는 무명초자의 무공을 제대로 사용할 수 있게 되었다.

진유검의 표정에서 뭔가를 느낀 것인지, 아니면 그 역시 비슷한 과정을 거친 것인지 단우 노야가 희미하게 웃으며 고개를 끄덕였다.

"그렇지. 모든 것이 다 그런 법이다. 어쨌든 기쁘구나. 내 평생 씨앗만 뿌려야 한다고 생각했거늘 이미 완성된 열매를, 아니, 나무를 보게 되었으니 말이다."

환하게 웃는 단우 노야의 손에 검 하나가 들려 있었다.

뒤에서 이를 지켜보던 석파행 등은 단우 노야가 나뭇가지가 아니라 검을 들었다는 사실만으로도 경악을 금치 못했다.

그만큼 상대를 인정하는 것일 터였다.

"뭔 소린지는 모르겠지만 일단은 칭찬으로 알겠습니다."

가볍게 미소 지은 진유검도 천천히 검을 세웠다.

＊　　　＊　　　＊

하공이 올린 보고서를 차분히 살피던 단우연의 입에서 감탄 어린 음성이 흘러나왔다.

"확실히 소림의 저력은 대단하군. 사패 중 최강이라 할 수 있는 빙마곡의 발목이 잡히다니 말이야."

"태산북두라는 말이 괜히 나온 것이 아니니까요. 게다가 소림을 돕기 위해 몰려든 문파들의 힘이 만만치가 않습니다. 개방만 하더라도……."

손을 들어 하공의 말을 막은 단우연이 다음 보고서를 집어 들며 말했다.

"알지, 알아. 얼마나 필사적으로 지켜내려 할지. 하지만 그다지 걱정은 되지 않는군. 빙마곡이니까. 어차피 시간문제일 뿐이야."

"그건 그렇습니다."

같은 생각인지 하공은 별다른 반박을 하지 않았다.

"일단 봉합이 되었다고는 하나 사천무림의 불화는 천하가 다 아는 것이니 마불사도 걱정은 없겠고. 역시 문제는 낭인천인데."

유난히 많은 글귀가 적힌 보고서를 집어 든 단우연의 미간에 깊은 주름이 생겼다.

"낭인천의 전력이 빙마곡 못지않게 성장을 했음에도 확실히 버거운 모습입니다. 이미 두 차례 충돌에서 큰 손해를 보았다는군요. 비록 서로 전력을 알아보기 위해서 벌인 가벼운 싸움에 불과했지만 설사 그렇다 해도 어느 정도 기선은 빼앗긴 셈입니다."

"어쩔 수 없겠지. 근래 들어 무당과 화산의 성세는 소림을 능가할 정도니까. 그래도 용 사제를 믿어봐야지."

"용맹함으로 따지자면 사형제들 사이에 으뜸이긴 한데 이게 딸려서요. 영 걱정입니다."

하공이 왼쪽 관자놀이를 툭툭 건드리며 말했다.

"하하하! 그렇긴 하지만 때론 무식함이 해답이 될 수 있는 것이니 지켜보자고."

기분 좋게 웃음을 터뜨린 단우연이 천천히 웃음을 지우며 모든 보고서를 한쪽으로 치워 버렸다.

표정 또한 전에 없이 진지해졌다.

"지금쯤이면 본격적인 싸움이 시작이 되었겠군."

"아마도 그럴 것입니다."

"어떻게 생각해?"

"서전을 승리로 장식한 야수궁은 분명 기세를 탔습니다. 거기에 루외루까지 힘을 보탰으니 무난히 승리를 거둬야 하는 것이 당연하겠지만 여전히 큰 변수가 있습니다."

단우연이 쓴웃음을 지었다.

"수호령주?"

"그렇습니다. 더불어 천마신교의 전력 또한 만만한 것이 아닙니다. 그걸 염두에 두었기에 야수궁이 저리 서두른 것이지요. 하지만 천마신교를 완전히 떼어놓는 것엔 실패했습니다. 싸움이 끝나기 전 분명 전장에 합류를 할 것으로 보입니다."

"쯧쯧, 묵 사제가 고생하는군. 하필이면 그런 최악의 상대를 만나서."

단우연이 혀를 차며 안타까워했지만 어찌 된 일인지 표정을 그렇지 않았다.

"모난 돌이 정을 맞는 법이지요. 너무 서둘렀습니다. 만약 일을 그르치면 단단히 추궁을 해야 할 것입니다."

싸움의 결과가 나오지도 않았음에도 벌써부터 벌을 논하는 하공의 표정은 냉랭하기만 했다.

분위기로만 보면 마치 야수궁의 실패를 기대하는 것처럼 보일 정도였다.

"글쎄, 그래도 그럴 일은 없을 것 같군."

"예?"

하공이 이상하다는 표정을 지었다.

"야수궁은 승리하게 될 거네."

"무슨 뜻인지 이해를 하지 못하겠습니다."

"야수궁에게 수호령주가 변수인 것처럼 상대에게도 전혀 생각하지 못한 변수가 생겼네. 수호령주보다 더욱 절망적인 변수지."

"변수라면… 서, 설마?"

뭔가를 생각한 것인지 하공의 눈이 휘둥그레졌다.

"사, 사부께서 그곳에 계신 겁니까?"

"그렇다는군."

경악을 금치 못하고 있는 하공과는 달리 단우연은 그다지 대수로울 것도 없다는 표정이다.

"누가 연락을, 아니, 그보다 언제 연락이 온 겁니까?"

"방금 전에. 석 사제가 보냈더군."

"석 사제가요?"

되묻는 하공의 얼굴에 어째서 미리 얘기를 하지 않았냐는 듯 약간은 서운한 빛이 맴돌자 단우연이 어깨를 으쓱이며 말했다.

"그런 표정 짓지 말게. 나도 이제야 처음으로 받은 연락이니까."

"어련하시겠습니까."

비꼬는 듯 툴툴거린 하공이 이내 표정을 바꿨다.

"사부께서 야수궁을 돕고자 일부러 가셨을 리는 없을 테니 결국 수호령주를 만나러 가신 거군요."

"십중팔구는 틀림없어. 아마도 그 고약한 취미가 발동하신 게지."

"걱정이군요. 지금까지 우리가 조사한 수호령주의 실력이라면 취미 정도로 접근해선 곤란한 인물입니다."

하공의 얼굴이 걱정으로 굳자 단우연이 피식 웃었다.

"그럴까? 수호령주가 사부님을 곤란하게 만들 수 있을지 궁금하군. 뭐, 그리된다면 그건 그것대로 재밌는 일이 되는 것이고."

말은 그리하면서도 단우연의 표정은 이미 결과는 나와 있다는 듯 그리 궁금해하는 표정은 아니었다.

＊　　　＊　　　＊

아무도 입을 열지 못했다.

미동은 고사하고 숨조차 제대로 쉬지 못했다.

눈앞에서 펼쳐지는 절대자들의 싸움, 한 사람의 무인으로서 전에도 없었고 후에도 없을 대결전을 지켜본다는 것만으로도 영광으로 생각하며 두 눈을 부릅뜨고 있었다.

전장은 이미 초토화가 된 상태였다.

두 사람은 온 전장을 휘저으며 대결을 펼쳤고 단순히 그

여파만으로 피아 가릴 것 없이 수십 명이 목숨을 잃고 말았다.

말단 수하는 물론이고 야수궁의 장로까지 충돌의 여파로 목숨을 잃을 정도였다.

그로 인해 모든 싸움은 순식간에 중단되었고 전장에서 한참이나 뒤로 물러나 그저 먼발치에서 싸움을 지켜볼 수밖에 없었다.

그것만으로도 그들에겐 영광이었다.

그렇게 반 시진 가까운 시간이 흘렀을 때였다.

단우 노야가 산산조각 난 검을 대신해 자갈을 들었다.

거칠게 숨을 내뱉던 진유검의 미간이 절로 찌푸려졌다.

반 시진 동안 이어진 치열한 격전에서 이제 겨우 승기를 잡았다고 여겼는데 갑작스런 단우 노야의 행동이 신경에 거슬렸다.

하지만 상관없었다. 상대가 어찌 나오든 그저 자신의 길만 가면 된다고 생각했다.

진유검의 몸이 흔들렸다.

섬전보다 빠르다 하여 붙여진 분광보(分光步).

단 몇 걸음 만에 팔방을 완벽하게 점한 진유검이 검을 움직였다.

굉음과 함께 검 끝에서 뻗어 나간 강기가 폭발적인 기운을 품고 단우 노야에게 폭사되었다.

단우 노야가 뒷걸음질 치며 손에 든 자갈을 뿌렸다.

아홉 개의 빛줄기가 되어 날아간 자갈이 진유검이 펼쳐
낸 강기와 정면으로 부딪쳤다.

자갈은 먼지가 되어 흩어졌지만 단우 노야를 향했던 강
기 역시 그 위력이 현저하게 반감되어 단우 노야의 전신을
에워싸고 있는 호신강기만으로 능히 감당할 수 있을 정도
였다.

곧바로 두 번째 공격이 이어졌다.

검에서 뿜어져 나온 광채와 기운이 한층 배가된 공격.

위력만 따지자면 조금 전 펼친 폭뢰보다도 훨씬 윗길이
라 할 수 있는 붕천이었다.

단우 노야의 입술이 살짝 비틀렸다.

지금껏 자신을 가장 괴롭혔던 공격이다.

무리를 한다면 아직까지는 큰 부담 없이 막을 수 있다고
자신했지만 체력은 물론이고 내력까지 급격히 줄어들고
있는 지금 굳이 정면으로 부딪칠 이유를 찾지 못했다.

단우 노야의 몸이 가볍게 흔들리고 무수한 잔상과 더불
어 그의 신형이 사라졌다.

진유검이 분광보로 단우 노야를 쫓으며 붕천으로 움직
일 수 있는 방향을 모조리 초토화시켰지만 공격에 영향을

받은 것은 잔상뿐으로 단우 노야는 이미 그의 공격권에서 빠져나간 상태였다.

오히려 공격이 끝날 즈음, 단우 노야가 뿌린 자갈이 진유검을 향해 맹렬히 달려들었다.

하늘마저 사로잡는다는 천망이 펼쳐졌지만 빛살처럼 날아든 자갈의 속도는 그의 예상보다 훨씬 빨랐다.

대부분의 자갈이 천망에 걸려 무력화되는 듯했다. 하나, 두 개의 자갈이 기어코 천망을 뚫어내며 진유검의 몸을 훑고 지나갔다.

다행히 정면으로 맞은 것도 아니고 그의 전신에 극강의 호신강기가 펼쳐져 있어 목숨을 위협받을 정도는 아니라고 해도 몸의 균형이 흔들리기엔 충분했다.

쐐애애액!

엄청난 파공성과 함께 조금 전보다 훨씬 많은 양의 자갈이 진유검의 몸을 파고들었다.

진유검의 입에서 나지막한 신음이 흘러나왔다.

분광보와 함께 천망을 펼쳤는데 완벽하지 않았다.

왼쪽 어깨와 옆구리 쪽에서 피가 배어 나오기 시작했다.

특히 옆구리 쪽의 부상은 상당히 심각했다.

어쩌면 반 시진여 동안 펼쳐진 공방에서 가장 큰 부상이라 할 수 있었으니 당금 천하에 자신을 곤란하게 할 수 있는 고수가 있다고 여기지 않던 진유검의 자존심에 금이 가는 순간이었다.

진유검은 옆구리에서 꾸역꾸역 흘러나오는 피를 지혈할 생각도 하지 않고 무심한 눈길로 단우 노야를 바라보았다.

이번 공격에 꽤나 공을 들인 것인지 한참이나 뒤로 물러난 단우 노야 역시 피곤한 기색이 역력했다.

"대단한 공격이구려."

진유검의 말에 단우 노야의 입가에 차가운 미소가 걸렸다.

마치 윗사람이 아랫사람에게 칭찬을 하는 듯한 말투에 기분이 상한 듯했다.

"이제 시작일 뿐이다."

짧게 대꾸한 단우 노야가 손을 뻗자 어느새 그의 손에 자갈이 가득했다.

단우 노야가 크게 팔을 휘두르자 손에 들린 자갈이 진유검의 목숨을 노리며 비상했다.

대기를 가르며 짓쳐 드는 자갈들은 마치 하늘에서 불타는 유성우처럼 화려한 빛을 뿜어댔다.

진유검은 자갈의 빠르기는 물론이거니와 자갈 하나하나에 감당키 힘든 힘이 깃들어 있음을 간파하고 나직한 침음을 흘렸다.

그렇다고 무작정 피할 수도 없었다.

눈앞의 상대는 찰나의 약세, 흔들림만으로도 승부를 결정지을 수 있을 만큼 치명적인 힘을 지닌 고수기 때문이었다.

진유검은 전신 내력을 한계까지 끌어 올리며 호신강기를 강화하고 나머지 내력을 검에 담았다.

검이 진유검을 중심으로 천천히 움직였다.

천망이 펼쳐지는 것과 동시에 사방에서 밀려든 자갈이 그가 펼친 강기막을 타격했다.

꽝! 꽝! 꽝!

거대한 폭음과 함께 두 사람 사이에서 일어난 회오리가 사방을 휩쓸고 주변을 흙먼지로 뒤덮이게 만들었다.

싸움을 지켜보던 이들은 결과를 알지 못해 잔뜩 긴장한 모습을 하고 있었지만 정작 당사자들은 이미 다음 공방을 위해 준비를 하고 있었다.

"타하핫!"

극성으로 펼친 천망으로 단우 노야의 공격을 막아낸 진유검은 곧바로 역공을 펼쳤다.

버거울 정도로 내력을 운용하느라 목구멍으로 울혈이 치밀어 오르고 충돌의 여파로 인해 전신에 고통이 밀려들었지만 상대 역시 무리한 공격으로 인해 상당히 흔들리는 기회를 놓치지 않기 위함이었다.

허공으로 뛰쳐오른 진유검이 전력을 다해 검을 휘둘렀다.

폭뢰와 봉천으로 이어지는 연속 공격.

검의 궤적을 따라 맹렬히 솟구친 강기가 사방 천지를 가득 메웠다.

파스스슷!

대기를 찢어발기며 접근하는 강기에 단우 노야의 얼굴도 딱딱하게 굳어갔다.

피가 나도록 이를 악문 단우 노야가 손을 뻗자 부러진 철검 하나가 손으로 빨려들어 왔다.

무기로서 가치가 없는 철검이라 해도 단우 노야 수준의 고수에겐 무기의 외형 따위는 별다른 의미가 없었다.

그것을 증명이라도 하듯 철검에서 묵빛 기운이 일렁이기 시작했다.

지금과는 비교도 되지 않을 정도로 짙은 어둠을 보며 진유검의 표정도 더없이 심각해졌다.

꽝! 꽝! 꽝!

진유검이 뿌린 강기가 묵빛 기운에 막혀 사라졌다.

단우 노야의 입에선 붉은 피가 왈칵 쏟아졌다.

거칠게 피를 토해낸 단우 노야가 쇠 긁는 음성으로 소리쳤다.

"끝장을 보자꾸나!"

단우 노야가 얼굴을 무섭게 일그러뜨리며 철검을 치켜세우자 주변의 모든 기운이 묵빛 기운과 동조하기 시작했다.

철검이 움직이기도 전, 묵빛 기운은 이미 주변을 초토화시키고 있었다.

진유검은 피할 생각을 하지 않았다.

지금이 이번 싸움의 최후의 승부처라고 생각한 진유검역시 마지막 한 줌의 내력까지 끌어모아 단우 노야의 공격과 정면으로 맞부딪쳤다.

쿠쿠쿠쿵!

하늘을 무너뜨리고 지축을 가를 정도로 거대한 폭발과더불어 엄청난 충격파가 사방으로 퍼져 나갔다.

사방 십여 장을 흔적도 없이 초토화시켜 버린 두 사람의격돌은 인간의 범주를 완전히 넘어선 것이었다.

꽝! 꽝! 꽝!

단우 노야의 검에서 뿜어진 묵빛 강기가 진유검이 펼쳐낸 천망을 강타할 때마다 진유검의 몸이 안쓰러울 정도로크게 흔들렸다.

큰 충격을 받은 것인지 진유검의 코와 입에서 굵은 피가 흘러내렸다.

꽈꽈꽈꽝!

연이은 충돌 음과 함께 진유검이 들고 있던 검이 산산조각 나며 흩어졌다.

파스스스슷!

강기의 해일이 진유검을 향해 움직였다.

단우 노야의 평생의 심득이 담긴, 수십, 수백 갈래로 흩어진 강기를 목도한 모든 이의 몸이 그대로 굳었다.

진유검을 응원하는 이들의 눈엔 아득한 절망과 공포감이, 반대로 단우 노야의 승리를 기원하는 이들의 입에선 환호성이 터져 나왔다.

반응은 달랐지만 그들의 공통된 생각은 하나였다.

싸움은 끝났다는 것.

모두가 진유검의 패배를 기정사실처럼 여기고 있을 때, 오직 한 사람, 굳은 얼굴로 전장을 바라보고 있는 전풍만은 생각이 달랐다.

그의 믿음을 증명이라도 하듯 무수한 강기가 무방비 상태인 진유검의 몸을 뒤덮어 버릴 찰나, 투명한 검 하나가 솟구쳤다.

묵빛 강기의 해일을 뚫고 치솟은, 눈이 부실 정도로 밝고 영롱한 빛을 뿜어내는 검형(劍形)을 보며 단우 노야의 눈이 찢어질 듯 부릅떠졌다.

몸이 덜덜 떨렸다.

삼 갑자 세월 동안 이루고자 했으나 이제야 겨우 심득의 끝자락을 잡은 절대무상의 심검(心劍).

평생을 쫓고 갈구한 경지가 눈앞에 있었다.

그것도 하필이면 최악의 상대의 손에.

절체절명의 순간, 갑작스럽게 나타난 검을 보며 모두가 경악을 금치 못하고 있을 때 묵빛 강기를 뚫어내며 오롯이 자신의 존재감을 드러냈던 검이 연기처럼 사라졌다.

"크헉!"

외마디 비명과 함께 단우 노야의 신형이 거칠게 밀려났다.

천하를 뒤덮었던 묵빛 강기 또한 순식간에 사라졌다.

모두의 눈앞에 드러난 광경.

하얗게 빛나는 검이 단우 노야의 단전에 깊숙이 박혔고 단우 노야는 고통으로 일그러진 얼굴로 그 검을 부여잡고 있었다.

군웅들은 눈앞의 상황을 이해할 수가 없었다.

묵빛 강기를 뚫고 갑작스레 검이 나타난 것도 이상했고 나타날 때만큼이나 신비하게 사라진 검이 갑자기 단우 노야의 단전을 꿰뚫은 상황도 이해가 가지 않았다.

하지만 단전을 파괴한 검이 점점 투명해지며 사라지고 단우 노야가 삼 갑자 세월 동안 익힌 내력이 일시에 흩어지는 고통을 감당치 못하고 몸부림치는 것을 보며 눈앞에서 벌어진 일이 결코 꿈이 아님을 알 수 있었다.

단우 노야가 인간으로선 참기 힘든 고통에 처절한 비명을 내지를 때 진유검 역시 목구멍까지 치고 올라오는 울혈을 억지로 삼키고 있었다.

겉으론 별다른 피해 없이 막은 것처럼 보였지만 단우 노야의 공격을 정면으로 맞선 대가는 컸다.

기혈이 들끓는 것은 물론이고 기경팔맥과 오장육부가 뒤틀린 듯한 느낌이 들었다.

아직 완전하지 않은 무공을 펼치느라 내력은 이미 바닥을 보였고 손가락 하나 까딱할 힘도 남아 있지 않았다.

두 발을 땅에 딛고 서 있는 것조차 기적일 정도였다.

진유검은 고통에 몸부림치는 단우 노야를 응시하며 필사적으로 기를 끌어모았다.

단전을 파괴했으니 평생의 공력을 잃은 것은 물론이거니와 다시 무공을 회복할 가능성은 희박했지만 무려 삼 갑자 이상을 살아온 인물. 만에 하나라도 단우 노야가 무공을 회복한다면 무림은 그의 복수심으로 인해 그야말로 재앙에 빠질 터였다.

확실히 끝장을 볼 수 있을 때 그렇게 하는 것이 모두에게 좋으리라!

진유검이 단우 노야를 향해 걸음을 뗐다.

얼굴에 깔린 차가운 살기를 감안했을 때 진유검이 어떤 의도를 가지고 있는지 확연히 드러났지만 주변 모두가 방금 전 벌어진 싸움에 압도당한 상태였기에 아무도 그의 움직임을 제지하지 못했다.

괴성을 지르며 몸부림치는 단우 노야의 앞에서 잠시 갈등하던 진유검은 이내 결심을 굳힌 듯 손을 움직였다.

바로 그때였다.

"자, 잠깐만요."

익숙한 음성이다.

진유검의 고개가 천천히 돌아갔다.

단우린이 파랗게 질린 얼굴로 서 있었다.

갈천상과의 싸움이 꽤나 치열했는지 깔끔했던 옷은 흙투성이였고 곳곳에 피 묻은 흔적이 보였다. 고왔던 얼굴 또한 지친 기색이 역력했다.

하도해와 안궁이 바싹 긴장한 얼굴로 그녀의 옆을 지켰다.

진유검은 무겁게 가라앉은 눈빛으로 그녀의 다음 말을 기다렸다.

"살려… 주세요."

진유검은 아무런 대답 없이 그녀를 응시했다.

"부디… 할아버님을 살려주세요."

단우린이 울며 간청했다.

순간, 느닷없는 발언에 며칠 동안 그녀와 함께했던 이들의 입이 쩍 벌어졌다.

단우린이 산외산과 연관이 있다는 것도 놀라운 사실이었고 하란산장이 신비에 가려졌던 산외산과 연관이 있다는 것 또한 놀라운 일이었다.

"나서지 않기를 바랐소. 불가능한 일이라 생각은 했지만."

진유검이 씁쓸히 웃었다.

그 웃음을 본 단우린은 어쩌면 그가 처음부터 모든 것을 알고 있었을지도 모른다는 생각을 했다.

"알… 고 계셨던가요?"

단우린이 떨리는 음성으로 물었다.

"어느 정도는."

"하, 하란산장은 그다지 무림에 알려지지도 않았는데 어떻게……."

단우린이 놀란 눈을 크게 뜨자 진유검이 조금 떨어진 곳에서 전장을 주시하는 루외루의 무인들을 힐끗 바라보며 말했다.

"우리들의 무공엔 다른 듯 비슷한 공통점이 있기 때문이오. 익숙한 기운이라고나 할까."

진유검의 대답에 단우린은 '우리'라는 범주를 정확히 파악하지 못한 채 고개를 끄덕였다.

"한데 어째서 알면서도 모른 척한 것이지요?"

"심증은 있었지만 확실하지는 않았으니까. 게다가 큰 도움을 받은 상황에서 굳이 불편한 얘기를 꺼낼 필요는 없다고 생각했소."

도움이란 말에 눈을 반짝인 단우린이 재빨리 입을 열었다.

"의도한 것은 아니지만 령주님은 제게 빚을 졌어요. 그리고 언제고 빚을 갚겠다고 하셨고요. 맞나요?"

'그랬나?'

진유검이 고개를 갸웃거렸다.

전풍과 곽종의 치료에 큰 도움을 받은 것은 사실이고 그것이 빚이라면 빚이지만 그 빚을 갚겠다고 한 말은 기억이 나지 않았다.

그렇다고 딱히 반박을 하진 않았다. 빚을 졌으면 갚는 것이 당연한 이치였으니까.

"그래서, 할아버지의 목숨으로 빚을 갚으라는 말이오?"

어딘지 모르게 약간은 차가운 음성에 단우린의 몸이 흠 칫했다.

"그래… 요."

단우린이 입술을 꼬옥 깨물며 말했다.

"그것으로 우리의 빚은, 관계는 완전히 청산되는 것이 오?"

"……."

무거운 표정으로 입을 다물고 있던 단우린이 슬픈 표정 으로 고개를 끄덕이려는 순간 진유검이 재빨리 말을 이었 다.

"뭐, 상관없소. 어쨌든 두 사람의 목숨을 구해준 것은 틀 림없는 사실이니 소저의 요구는 들어주겠소."

단우린의 표정이 환해지는 것과는 달리 두 사람의 대화 를 지켜보던 남궁세가와 강남무림 연합군의 수뇌들의 입 에서 강한 반발이 터져 나왔다.

"그럴 수는 없소이다."

"적의 수괴를 어찌 이대로 보내준다는 말이오!"

"저 노괴의 손에 검성을 비롯한 남궁가의 어르신들이 목 숨을 잃었습니다."

"산외산의 수장입니다. 최소한 압송하여 자세히 심문을 해야 하오!"

그들과는 달리 천마신교 내에서는 별다른 말이 나오지 않았다.

누구보다 심기가 깊고 눈치가 빠른 사도은이 진유검과 단우린 사이에 흐르는 묘한 기류를 간파했기 때문이었다.

물론 그의 판단엔 전풍이 읊조린 몇 마디.

'뭐야? 평소 성질과는 전혀 다르잖아. 얼씨구? 표정은 뭐가 저리 심각하고 진지한데' 라는 말이 결정적인 역할을 했지만.

"천강십이좌 중 한 사람과 내 수하가 목숨의 빚을 졌습니다. 게다가 이곳까지 오는 과정에서 몇 차례나 도움을 받았지요. 조금 전에도 그랬고."

진유검이 하도해와 안궁을 가리키며 말했다.

그들이 루외루의 고수들을 막아선 것을 기억했음에도 강남무림 연합군의 수뇌들은 여전히 불편한 기색을 감추지 못했다.

"분명 불순한 의도가 있었을 것이외다."

"산외산의 적당들이오. 결코 호의라고는 생각하지 않소."

강한 불만이 계속해서 터져 나오자 진유검의 미간이 꿈틀거렸다.

"목.숨.의 빚을 졌다고 했습니다."

싸늘히 울려 퍼진 음성에 분위기가 그대로 얼어붙었다.

결국 형산과 문주 번강이 주변 수뇌들을 달래면서 격앙된 분위기는 일단락되었다.

목숨의 빚이라는 말로 남궁세가와 강남무림 연합군의 강력한 반발을 무마시킨 진유검이 단우린을 향해 말했다.

"이만 모시고 물러가시오."

"고마… 워요."

단우린은 진유검의 얼굴에서 한참이나 시선을 떼지 못하고 있다가 고개를 숙였다.

고통을 참지 못하고 혼절한 단우 노야의 몸을 석파행이 조심스럽게 안아 들었다.

석파행은 진유검에게 공손히 고개를 숙인 후, 나머지 제자들의 호위를 받으며 물러났다.

잔뜩 긴장하고 있던 안궁과 하도해는 생각보다 일이 수월하게 풀린 것에 안도의 한숨을 내쉬며 머뭇거리고 있는 단우린의 팔을 잡아끌었다.

바로 그때, 그들의 귓가에 나직한 전음이 날아들었다.

[내가 루외루라면 이 기회를 결코 놓치지 않을 것이오.]

갑작스레 날아든 전음에 흠칫 놀란 두 사람이 진유검을 멍하니 바라보다 이내 고개를 끄떡였다.

단우 노야와 진유검의 싸움으로 인해 전장의 분위기가

마치 식어버린 물처럼 가라앉았고 각 진영 수뇌부들마저 상당수가 중상을 당함으로써 싸움은 더 이상 이어지지 않았다.

단우 노야를 안아 든 석파행이 전장을 떠나는 것을 시작으로 야수궁의 철수 또한 신속하게 이뤄졌다.

진유검은 루외루의 병력까지 물러난 후에야 비로소 억지로 누르고 있던 울혈을 토해냈다.

엄청난 양의 피를 토해내고 그 자리에 주저앉는 진유검을 보며 다들 대경실색하는 모습이었다.

"다들 물러서시오."

진유검이 운기조식을 시작하자 온몸을 피로 물들인 임조한과 여우희가 살기등등한 눈빛으로 호법을 섰다.

그들의 기세가 어찌나 살벌한지 반경 십 장 안에 아무도 들어서지 못할 정도였다.

64장

오월동주(吳越同舟)

　치열한 격전을 펼쳤음에도 루외루는 수장이 목숨을 잃
거나 중상을 당한 야수궁, 강남무림 연합, 천마신교에 비
해 제대로 전력을 보전하고 있었다.

　루외루의 병력을 이끌고 있는 공손유는 대외적으로 보
여지는 것과는 달리 부상 상태가 매우 양호했고 호위무사
인 고운과 지원부대를 이끌고 온 공손은, 청송 또한 별다
른 문제 없이 건재했다.

　호법 중 한 명이 단우린에게 목숨을 잃고 갈천상이 안궁
과 단우린의 합공에 다소 고전을 하면서 부상을 당한 것이

손실이라면 나름 큰 손실이었다.

결과적으로 강남대회전이라 명명된 싸움에서 가장 큰 이득을 본 곳이 루외루였지만 어찌 된 일인지 분위기는 그다지 좋지 않았다.

"몸은 좀 어떠세요?"

찢어지고 더러워진 의복을 갈아입고 깔끔한 모습으로 앉아 있던 공손유가 왼쪽 어깨에 붕대를 감고 나타난 갈천상을 걱정스런 눈빛으로 바라보았다.

"괜찮다. 걱정할 정도는 아니다."

가볍게 손짓한 갈천상이 착 가라앉은 분위기를 의식하며 입을 열었다.

"모든 것이 우리의 계획대로 되었다. 몽월단이 수호령주에게 당한 것을 논외로 한다면 사실상 이보다 더 좋을 수는 없을 것이다. 하지만 지금의 분위기는 전혀 그렇지 못하구나. 아마도 그들 때문이겠지?"

"그들이라기보다는 단우 노야라는 인물 때문이지요. 어차피 수호령주는 우리에게 노출된 인물이었으니까요."

공손유의 대답에 갈천상이 고개를 끄덕였다.

"확실히 대단했어. 그 스스로 절대자라 불러도 무방할 정도로 강한 고수였지. 하지만 단전이 파괴당했다. 운 좋게도 목숨은 구했다만 살아도 산 것이 아니야."

갈천상의 말에 공손유가 의문을 표했다.

"만약 무공을 회복하면요?"

"그게 그리 쉬운 일이 아니다."

갈천상이 쓴웃음을 지으며 고개를 저었다.

"불가능하다고 보시나요?"

"단전이 파괴되고도 무공을 다시 회복한 경우를 몇 번 본 적이 있으니 불가능하지는 않을 것이다. 그러나 중요한 것은 설사 부상을 이겨낸다고 해도 과거의 무공을 회복한 경우는 한 번도 보지 못했다는 것이야. 특히 무공 실력이 뛰어날수록 원래의 실력을 되찾는 것은 단언컨대 가능성이 없는 얘기라 할 수 있다."

갈천상은 단우 노야가 원래의 실력을 되찾는 것이 사실상 불가능하다고 단정 지었다.

"역시 불가능하다고 보시는군요."

"물론이다."

"그럼에도 불구하고 원래의 무공을 회복한다면요?"

"불가능하다고……."

공손유가 강하게 부정하는 갈천상의 말을 끊었다.

"가정을 한다면요. 만약에 단우 노야가 무공을 회복한다고 가정을 하면 어찌 되는 것이지요?"

순간적으로 갈천상의 말문이 막혔다.

"그런 이유로 제가 고민하는 것입니다."

"고민… 이라니?"

갈천상의 얼굴이 불안감으로 물들었다.

"단우 노야를 제거해야 하는 것인지 말아야 하는지를 요."

"그게 무슨 말도 안 되는……."

어이없다는 듯 중얼거리던 갈천상은 더없이 진지한 공손유의 눈빛을 보곤 이내 표정을 바꿨다.

"진심이로구나."

"예."

"그가 천운이 닿아 무사히 목숨을 건지고 부상을 회복한 다고 해도 과거의 무공을 되찾기란 사실상 불가능해. 따지고 보면 폐인이나 다름없는 단우 노야보다는 그를 쓰러뜨린 수호령주가 훨씬 더 위험한 인물이다. 강하다는 것은 알고 있었지만 그는 다시 한 번 우리 모두의 예측을 훨씬 뛰어넘어 버렸다. 그를 상대하기 위해서라도 지금 야수궁, 아니, 산외산과 분란을 일으켜선 곤란하다는 생각이다."

갈천상은 행여나 공손유가 섣부른 판단을 내릴까 걱정이 됐는지 무척이나 신중한 태도로 열변을 토했다.

묵묵히 설명을 듣던 공손유가 나지막이 한마디를 던졌다.

"정말 분란이 생길까요?"

"그게 무슨 뜻이냐?"

갈천상이 당황한 얼굴로 되물었다.

"우리가 단우 노야를 제거했을 때 산외산과 맺고 있는 동맹이 정말 깨질까 여쭈는 것입니다."

"당연히! 산외산의 수장을 해한 것이다. 어찌 그들과 지금의 관계를 유지할 수 있다고 여기는 것이냐?"

갈천상은 평소 누구보다 영민한 공손유가 어찌 그리 답답한 말을 계속하는 것인지 도무지 이해할 수 없다는 표정을 지었다.

"너는 어떻게 생각해?"

공손유가 가만히 찻잔만 만지작거리고 있는 공손은에게 물었다.

갈천상이 기대에 찬 눈빛으로 공손은을 바라보았다.

공손은의 총명함은 루외루에서도 익히 알려진 사실, 그녀가 뭔가 큰 착각을 하고 있는 공손유의 생각을 바꿔줬으면 하는 바람 때문이었다.

하지만 공손은마저 그의 기대를 저버렸다.

"언니의 판단이 옳다고 생각해. 우리가 단우 노야를 제거한다고 해도 산외산은 우리와의 동맹을 깨지는 않으리라고 봐. 서로에 대한 믿음은 이전보다는 많이 엷어지겠지만 어차피 한시적인 동맹일 뿐이니까."

"도대체!"

믿음에 대한 배신감 때문인지 갈천상의 목소리엔 은은한 노기까지 느껴졌다.

"어째서 그런 자신감을 갖는 것이냐? 상식적으로 이해가 되지 않을 말이다. 너희는 이해가 가느냐?"

갈천상이 그녀들의 호위에게 물었지만 고운과 청송은 그저 침묵을 지킬 뿐이었다.

그들을 대신해 공손은이 다시 입을 열었다.

"무조건적인 자신감이라기보다는 그런 생각을 하게 되는 것엔 몇 가지 이유가 있어요."

"그러니까 그 이유가 무엇이냐?"

갈천상이 버럭 소리를 질렀다.

"수호령주가 건재하니까요."

공손은의 한마디에 갈천상의 입이 그대로 얼어붙었다.

"당금 무림은 산외산과 루외루, 무황성 및 그들의 동조 세력이 삼분하고 있어요. 동조 세력엔 천마신교도 포함되겠군요. 개인적으로 평가한다면 힘의 균형은 무황성, 산외산, 루외루의 순이라고 봅니다."

귀를 쫑긋이 세우며 공손은의 설명을 듣던 몇몇 수뇌의 표정에 약간의 불쾌감이 스쳐 지나가자 공손은이 쓴웃음을 지으며 말을 이었다.

"그동안 수호령주에게 당한 피해가 너무 커요. 몽월단까지 무너진 상황에서 본 루의 전력이 무황성을 넘을 수 있다는 것은 오만한 자신감이라고 봅니다. 같은 맥락으로 산외산도 마찬가지겠지요. 그리고 이런 생각은 산외산에서도 하고 있을 거예요. 절대적인 무공을 지녔던, 아마도 신처럼 추앙받지 않았을까요? 아무튼 그런 단우 노야마저 수호령주에게 패해 폐인이 된 상황에서 우리와 척을 질 생각은 아예 하지도 못할 거예요. 동맹을 유지하지 않고는 수호령주가 건재한 무황성을 감당할 수 없다는 것을 확실히 알았을 테니까요."

"그거야 단우 노야가 살아 있을 때의 얘기고. 우리가 그들의 수장이나 다름없는 단우 노야를 제거한다면 말 그대로 원수가 되는 것이나 마찬가지인데 동맹이 유지가 되겠느냔 말이다."

갈천상이 답답함을 참지 못하고 크게 숨을 들이켰다.

"권력이라는 것은 때론 부모를 죽인 원수하고도 손을 잡게 만드는 법이지요. 산외산이 무림 제패에 뜻을 지니고 있다면 지금 당장 우리를 적으로 돌리진 않을 거예요. 게다가 현시점에서 산외산의 주인은 단우 노야가 아니잖아요. 만약 그에게 조금이라도 욕심이 있다면……."

공손은이 말끝을 흐렸지만 갈천상을 비롯하여 자리에 모인 이들은 그녀가 하고자 하는 말을 정확하게 이해했다. 그리고 어느새 그녀에게 동조하고 있음을 느끼고 있었다.

"어떤 상황이 되었든 본 루와 산외산의 동맹이 유지된다는 가정하에 우선적으로 고려되어야 할 것은 과연 단우 노야가 무공을 회복할 수 있느냐는 것이겠지요. 만약 기적과도 같이 무공을 회복한다면 무황성을 무너뜨리는 데 가장 큰 벽이라 할 수 있는 수호령주를 쉽게 상대할 수 있는 장점이 있겠지만 이후 산외산을 상대해야 하는 본 루의 입장에선 너무 큰 부담이 생깁니다. 반대로 단우 노야가 회복을 하지 못하거나 제거된 상황일 경우 수호령주를 쓰러뜨리기가 꽤나 힘들겠지만 그 이후엔 오히려 훨씬 편한 길을 갈 수가 있습니다."

공손유의 설명을 곰곰이 듣고 있던 갈천상이 길게 탄식하며 말했다.

"결국 우리의 입장에선 수호령주보다 단우 노야의 존재가 훨씬 더 부담이라는 소리구나."

"예."

"제거하기로 마음을 굳혔고?"

"그렇습니다."

"단우 노야는 지금 야수궁에 있다. 저들의 힘을 감안했을 때 우리 전력으론 상당히 버거운 싸움이 될 것이야. 일의 경중도 있고 하니 차라리 루에 알려 의견을 구하고 지원을 받는 것이 어떠냐?"

슬그머니 말을 돌리는 것을 보니 갈천상은 공격에 대해 여전히 부정적인 생각이 있는 듯했다.

"야수궁의 궁주가 중상을 당했습니다. 게다가 수호령주에게 많은 수뇌가 목숨을 잃었지요. 병력이 건재하다고는 하나 이전의 전력과 비할 바는 아닙니다. 기습 공격을 한다면 성공 가능성이 충분합니다. 오히려 시간을 끌어 야수궁주가 몸을 추스르면 루에서 지원이 온다고 해도 단우 노야를 제거하기가 훨씬 더 어려워질 것입니다."

뜨겁게 타오르는 공손유의 눈빛을 보며 갈천상은 더 이상 그녀를 설득하려는 행동은 무의미하다고 여겼다.

"한 가지 의문이 있습니다."

지금껏 침묵하던 고운이 입을 열었다.

모두의 시선이 자신에게 향하자 고운이 약간은 어색한 표정을 지으며 말했다.

"야수궁의 궁주가 몸을 추스른다면 과연 폐인이 된 단우 노야를 보고 어떤 생각을 하게 될지가 무척이나 궁금해서 말입니다. 야수궁은 과연 단우 노야를 구하려고 애를 쓸까요?"

"음."

생각도 해보지 못한 새로운 시각에 공손유의 입에서 나 직한 신음이 흘러나왔다.

공손은의 고운 아미 역시 잔뜩 찌푸려졌다.

*　　　　*　　　　*

"후우."

진유검이 깊게 숨을 내뱉으며 눈을 떴다.

노심초사 그가 깨어나기만을 기다리던 전풍이 반색을 하며 달려왔다.

"괜찮은 겁니까?"

염려 가득한 음성에 진유검이 힘없이 고개를 끄덕였다.

"죽을 정도는 아니니까 걱정하지 마라. 두 분께서 애쓰 셨습니다."

전풍의 부축을 받으며 일어난 진유검이 임소한과 여우 희에게 고마움을 표했다.

"그저 자리만 차지하고 있었을 뿐입니다. 한데 정말 괜 찮으신 겁니까?"

임소한이 진유검의 전신을 찬찬히 살피며 물었다.

"어때 보입니까?"

"솔직히 좋아 보이진 않습니다. 생각보다 내상이 심해 보였습니다."

임소한은 적들이 물러간 후, 피를 토하던 진유검의 모습을 떠올리며 인상을 찌푸렸다.

"맞습니다. 뒤틀린 기경팔맥을 겨우 바로잡은 수준에 불과합니다. 오장육부까지 상했으니 꽤나 고생해야 할 듯싶습니다."

"일단 자리를 이동하는 것이 좋겠습니다. 움직이실 수 있겠습니까? 제가 부축이라도……."

"그 정도까지는 아닙니다."

진유검이 쓰게 웃으며 임소한의 손길을 거절했다.

급한 대로 운기조식을 마친 진유검과 그의 호법을 섰던 임소한, 여우희가 걸음을 옮기자 그들과 이십여 장 떨어진 곳에서 대기하고 있던 천마신교의 병력도 조용히 움직였다.

진유검이 그들에게 시선을 돌리자 전풍이 빠르게 설명을 했다.

"마뇌 영감이 혹여 있을지 모를 불상사를 막기 위해 남겨둔 병력입니다."

고개를 끄덕인 진유검이 문득 생각났다는 듯 물었다.

"독고 녀석의 상태는 좀 어때? 정신을 잃은 것까지는 확인을 했는데 어느 정도 부상을 당한 것인지 정확히 알지를 못해서 말이다."

"주군이 운기조식을 동안 잠깐 정신을 차리더군요. 다시금 픽 쓰러졌지만. 마뇌 영감 말이 생명에는 지장이 없다는데 주군만큼이나 큰 부상을 당한 듯싶었습니다."

진유검이 그다지 대수로울 것도 없다는 듯 말하는 전풍을 향해 눈을 부라렸다.

"꼭 남 얘기 하는 것 같다."

"살았으니 된 것 아닙니까. 어차피 내가 아픈 것도 아니고. 흐흐흐!"

전풍이 개구진 웃음을 흘려댔다.

"망할 놈! 아무튼 부상이 만만치 않을 거다. 그 영감의 손속이 보통 매운 것이 아니라서."

"그런데 왜 살려줬답니까?"

전풍이 툭 던지듯 물었다.

"뭐?"

"마지막 일격을 날리기 전까지만 해도 다들 주군이 진다고 여겼습니다. 뭐, 나야 주군의 실력을 철석같이 믿고는 있었지만 솔직히 그런 반응이 당연할 정도로 그 늙은이의 실력도 대단하더군요. 생각해 보면 지금껏 그만한 고수는 본 적이 없는 것 같습니다. 단정 짓기는 애매한데 느낌상

전대 도주님보다 훨씬 강한 것 같기도 하고요."

"그건 사실이다."

"그럴 줄 알았습니다. 그랬기에 단전을 뭉개 버리고도 아예 숨통을 끊어버리려고 한 것이겠지요. 행여나 멀쩡한 몸으로 돌아올까 봐, 아닙니까?"

이미 모든 것을 알고 있다는 듯 의미심장한 미소를 지으며 물었다.

"그땐 내 정신이 아니라서. 아무튼 대충 그랬던 것 같다."

진유검이 떨떠름한 표정을 지으며 고개를 끄덕였다.

"그런데도 살려줬단 말이지요. 당장 쓰러져도 이상하지 않을 정도로 큰 부상을 당한 상태에서도 제거를 해야 한다고 판단한 적을."

"무슨 말을 하고 싶은 거냐?"

뭔지 모를 불안감 때문인지 진유검의 음성이 자신도 모르는 사이 가볍게 떨렸다.

"좋아한 겁니까, 단우 소저?"

전풍이 턱을 괴고 추궁하듯 물었다.

"허!"

진유검의 입에서 헛바람이 터져 나왔다.

"그게 아니면 설명이 되지 않는데요. 그렇게 살기 어린 표정으로 다가가다가. 다들 봤죠, 그때 주군의 표정?"

전풍이 임소한과 여우희를 향해 고개를 돌렸다.

임소한과 여우희는 진즉부터 흥미진진한 표정으로 두 사람을 지켜보고 있었다.

"확실히 살벌했지."

임소한이 말했다.

"소름 끼칠 정도로 무서웠어요. 적들까지 꼼짝 못할 정도였으니까."

여우희도 거들었다.

"들었죠? 한데 그런 분위기에서 단우 소저의 한 마디에 그 영감의 목숨을 구해준 겁니다, 주군이."

"무슨 말도 안 되는 헛소리냐? 네놈도 알다시피 그녀에겐 갚아야 할 빚이 있었다. 목숨 빚이……."

전풍이 재빨리 말을 잘랐다.

"누가 죽는데요?"

"……."

진유검의 말문이 턱 막히고 그걸 보는 전풍의 입가에 사이한 미소가 지어졌다.

"살아났네."

진유검이 온몸을 붕대로 칭칭 감고 앉아 있는 독고무를

발견하고 던진 첫마디였다.

독고무가 피식 웃으며 대꾸했다.

"그건 내가 할 소리 아니냐? 네 녀석이 피를 토하고 쓰러지는 것을 보고 얼마나 놀랐는지 모른다."

"봤냐? 이놈 말로는 운기조식하고 있을 때 잠깐 깨어났다가 다시 정신을 잃었다고 하던데."

진유검이 전풍을 힐끗 바라보며 말했다.

"다들 너와 그 영감의 싸움에 정신이 팔려 있던 거지. 나는 분명 깨어났었다. 비록 잠깐이었지만."

착잡한 표정으로 입맛을 다신 독고무가 술잔을 들자 조금 떨어진 곳에 앉아 있던 사도은이 화들짝 놀라며 소리쳤다.

"교주님! 이미 많이 드셨습니다. 더 이상의 과음은 부상을 크게 악화시킬 수 있습니다."

"죽을 일 없으니까 걱정하지 말라고."

사도은의 말을 일축한 독고무가 보란 듯이 석 잔의 술을 마셨다.

"미친! 힘들게 살려놨으니까 제발 쓸데없는 객기 좀 부리지 마라."

핀잔을 던진 진유검이 독고무의 술잔을 빼앗더니 자신의 입에 털어 넣었다.

물론 그의 술잔도 한심하다는 얼굴로 낚아챈 전풍에게 빼앗기고 말았지만.

"다들 정신들 차리쇼. 금방이라도 염라대왕과 면담할 몰골을 하고서는 술이 넘어갑니까?"

"너무 그런 얼굴로 보지 마라. 화를 견디기 힘들어서 어쩔 수 없이 마시는 거다."

독고무의 변명에 전풍이 어이없다는 표정으로 말했다.

"주군까지 골로 가게 만든 늙은이요. 그런 괴물 같은 늙은이에게 패한 게 뭐 그리 화가 난단 말입니까?"

진유검이 조용히 독고무를 달랬다.

"맞다. 솔직히 네가 감당할 수 있는, 아니, 당금 천하에 단우 노야와 맞설 상대는 없다고 해도 과언은 아니야. 그러니 너무 자책하진 마라."

"설마하니 이길 수 있다고 생각한 거요?"

약간은 비아냥이 섞인 전풍의 물음에 독고무가 인상을 확 구기며 소리쳤다.

"내가 바보냐? 싸움을 시작하기도 전부터 내가 영감의 상대가 되지 않는다는 것은 알고 있었다. 그저 시간을 끌면 다행이란 생각으로 필사적으로 덤볐던 것뿐이지 요행 따위는 아예 기대도 안 했다."

"그럼 화날 일도 아니잖소. 대체 뭣 때문에 화가……."

전풍의 말이 끝나기도 전 독고무가 양피지 한 장을 던지듯 꺼내놓았다.

"내가 화난 건 바로 이것 때문이다."

전풍이 의문 가득한 얼굴로 양피지를 집어 들더니 빠르게 읽어 내려갔다.

"이게 뭐요? 적힌 글귀를 보니 뭔가 심오한 구결인 듯한데 무슨 말인지 전혀 알아먹질 못하겠소."

전풍이 오만상을 찌푸리며 진유검에게 양피지를 건넸다.

호기심 어린 눈빛으로 양피지를 읽던 진유검의 표정이 어느 순간 딱딱하게 굳었다.

"역시 풍이 놈은 몰라도 너는 알아보는구나."

독고무가 당연히 예상했다는 듯 고개를 끄덕였다.

"이게 네가 일전에 말했던 천마조사의……."

"그래, 맞다. 과거 많은 조사들이 찾기 위해 그토록 매달렸던 패천무극도의 마지막 삼초식. 바로 그거다."

엄청난 보물을 획득했음에도 독고무는 무슨 이유에서인지 잔뜩 화가 난 모습이었다.

"대체 어디서 찾은 거냐?"

"여기에서."

독고무가 양피지에 이어 또 하나의 물건을 던졌다.

단우 노야와 결전을 벌이다가 부러진 군림도였다.

"군림도?"

진유검이 고개를 갸웃거리며 물었다.

"망할! 군림은 무슨! 이름만 거창했지 완전히 허당이다. 단우 영감이 휘두른 나뭇가지에 박살이 났다."

진유검이 '그 나뭇가지가 보통 나뭇가지냐!' 라고 항변을 하려는 찰나 독고무의 말이 빠르게 이어졌다.

"내가 더 화가 나는 건 바로 저게, 패천무극도의 마지막 삼초식을 기록한 저 양피지가 이 군림도 안에 숨겨져 있었다는 거다."

"와!"

진유검과 전풍의 입에서 함성에 가까운 탄성이 터져 나왔다.

"지랄들 한다! 군림도가 부러질 상황이 아니면 아예 찾을 수 없도록 만들어놨는데 지금 탄성이 나오냐? 생각해봐라. 군림도는 천마조사님의 신물이나 다름없어. 어떤 미친 후인이 군림도를 부러뜨릴 생각을 하겠냐?"

"그, 그렇긴 하다."

진유검이 얼떨결에 고개를 끄덕였다.

"군림도가 부러질 정도의 상황이라면 이번처럼 목숨이 경각에 달릴 정도로 위기에 처한다는 말인데 결국 돼지기

전엔 아예 발견할 수 없다는 말과 같잖아. 정말 어이가 없어서! 이게 무슨 거지 같은 짓이냐?"

그 모든 것을 행한 사람이 천마조사임에도 독고무는 격렬하게 비난을 퍼부어댔다. 그만큼 그는 억울해하고 분노하고 있었다.

"진정해라. 어쨌든 잃었던 무공을 찾은 것은 다행이잖아. 언뜻 보기에도 대단한 것 같은데."

칭찬 섞인 진유검의 말에 화를 참지 못하고 연신 씩씩거리던 독고무의 분위기가 조금 변했다.

"그건 그렇다. 패천무극도의 진정한 위력이 마지막 삼초식에 있다고 해도 과언은 아니니까. 굳이 비교하자면 중천을 밝히는 태양과 등잔불의 차이라고나 할까."

자부심이 가득한 설명에 진유검이 슬쩍 맞장구를 쳐줬다.

"호오! 그 정도냐?"

"그래, 내가 만약 제대로 된 패천무극도를 익히고 있었다면 이렇게 무기력하게 패하지는 않았을 거다."

독고무가 주먹을 꽉 쥐며 말했다.

비록 가장 중요한 마지막 삼초식을 군림도에 숨겨놓은 천마조사의 행동엔 불같이 분노했으나 패천무극도에 대한 자부심만큼은 대단해 보였다.

"이긴다는 말은 안 합니까?"

전풍이 약간은 이죽거리듯 말했다.

"그 영감 실력을 보고도 그런 말이 나오냐? 아무리 패천무극도가 대단한 무공이기는 해도 그 영감도 진짜 괴물이다. 패할 마음은 전혀 없지만 아직 무공을 완성한 것도 아닌데 솔직히 이긴다는 말은 못 하겠다."

"충분히 가능할 것 같은데. 그만큼 대단한 무공이야."

진유검의 말에 독고무의 얼굴이 환해졌다.

"그렇지? 천마조사께서 괜히 고금제일인으로 불리는 것은 아니니까. 두고 봐라. 내 반드시 패천무극도를 완성하여 본때를 보여줄 테니까."

"쯧쯧, 그런데 어쩐답니까? 상대는 이미 폐인이 되어버린 것을."

전풍이 독고무의 속을 긁었다.

"아쉽긴 해도 상관은 없다. 영감도 분명 후인을 남겼을 테니까. 영감에게 진 빚은 그 후인에게 받으면 돼. 빼앗긴 천마수도 회수하고."

천마수라는 말에 진유검이 아차 싶은 표정을 지었다.

"맞다, 천마수. 단우 노야가 가지고 갔지?"

"그래, 그땐 신경도 쓰지 못했는데 정신을 차려보니 빼앗겼더라고."

"미안하다. 내가 회수했어야 했는데."

군림도가 부러진 지금, 천마신교의 신물은 천마수가 유일했기에 진유검은 진심으로 미안해했다.

"그럴 상황이 아니었다는 거 아니까 신경 쓰지 마라. 그리고 명색이 천마신교의 신물인데 언제까지 네 신세만 질 수는 없잖아. 이번엔 내가 직접 찾아와야지."

패천무극도의 마지막 삼초식을 얻었기 때문인지 독고무의 음성과 태도 하나하나엔 자신감이 넘쳐흘렀다.

"아, 그런데 이상한 소리가 들리던데."

"이상한 소리라니?"

"네가 사랑에 빠졌다는……."

독고무의 음성이 어딘지 모르게 끈적거렸다.

"미친!"

진유검의 고개가 전풍을 향해 맹렬한 속도로 돌아갔다.

"옷 갈아입는 동안 잠깐 사라지더니 대체 그사이에 무슨 헛소리를 늘어놓은 거냐?"

"글쎄요. 과연 헛소릴까요?"

전풍이 의미심장하게 웃으며 되물었다.

진유검이 발작적으로 소리를 지르려는 찰나, 독고무도 한마디 거들었다.

"풍이 놈 말이 아니더라도 확실히 이상하기는 했어. 그렇게 살벌한 표정을 지으며 그 영감을 제거하려던 네가 단우 소저의 몇 마디 부탁으로 의지를 꺾다니 말이야. 내가 아는 진유검은 결코 그런 사람이 아닌데."

"야, 너까지 왜 그래?"

"그냥. 단우 소저 일행과 함께 다닌 시간은 짧았지만 혹여 우리가 놓친 뭔가가 있는 것은 아닌지 잠시 생각해 봤을 뿐이다."

독고무마저 요상한 분위기로 몰아가자 진유검은 땅이 꺼져라 한숨을 내쉬었다.

"하! 이런 어처구니없는 인간들을 보았나!"

답답함을 참지 못하고 가슴까지 친 진유검이 정색을 하며 설명을 시작했다.

"풍과 네가 어떻게 느꼈는지는 나도 모르겠다. 그래, 네 놈들 말대로 나도 모르는 사이에 단우 소저와 호감이 있을 수는 있겠지. 그녀에게 큰 빚을 진 것도 사실이고. 하지만 당시는 그런 구체화되지 않은 감정 따위가 끼어들 상황이 아니었다. 너희가 보았듯 난 단우 노야를 반드시 제거하려 했어. 한 사람의 무인으로서 폐인이 된 상대를 공격하는 것은 변명조차 할 수 없는 비겁한 행동이겠지만 그럼에도 불구하고 내 본능은 단우 노야를 제거하라고 시켰단 말이다."

"충분히 이해한다. 삼 갑자란 나이도 그렇고 상식적으론 설명이 되지 않는 인물이었으니까."

독고무가 고개를 끄덕이며 동의를 했다.

"그런 상황에서 단우 소저가 내 앞을 가로막고 나섰다. 여기서부터 심각한 문제가 발생한 거야."

"그러니까 사랑……."

"닥치고!"

전풍이 기다렸다는 듯 치고 들어오자 진유검이 도끼눈을 뜨고 노려본 후, 말을 이었다.

"당시 난 금방이라도 쓰러진다고 해도 이상할 것이 없을 정도로 심각한 부상을 당한 상태였다. 애당초 단우 노야를 제거하기 위해 움직인다는 것 자체가 말이 되지 않는 상황이었지. 한데 운이 좋은 것인지 싸움이 끝난 후, 아무도 움직이지 않았다."

"움직이지 않은 것이 아니라 못 움직인 것이 정확할 것입니다. 모두가 압도된 것이지요."

누구보다 냉철하게 상황을 지켜봤던 사도은이 슬그머니 끼어들었다.

"그런 상황에서 단우 소저가 움직인 거다. 만약 내가 그대로 공격을 했으면 어찌 됐을 것 같냐?"

전풍과 독고무가 아무런 대답도 하지 않자 진유검이 쓴

웃음을 지으며 말했다.

"아마도 단우 소저의 손짓 한 번에 그대로 숨통이 끊어졌을 거다."

"설마!"

독고무가 두 눈을 동그랗게 뜨고 소리치자 진유검이 고개를 저었다.

"그만큼 심각한 상태였어, 내가."

"단우 소저가 나서는 순간부터 그녀의 호위였던 이들과 단우 노야의 제자들 역시 언제든 움직일 준비가 되어 있었습니다. 말하자면 충격에서 벗어나 냉정히 사태를 바라볼 수 있게 되었다고나 할까요."

사도은이 다시금 부연 설명을 했다.

그에게 고마움을 표한 진유검이 말을 이었다.

"한번 물어보자. 내가 박살 나는 것은 둘째 치고 그들이 본격적으로 나섰을 때 그들과 맞서 싸울 사람이 몇이나 있을까? 그대로 싸움이 진행되었다면 어쩌면 전황 자체가 바뀔 수도 있는 상황이었다."

단우 노야의 제자는 확인하지 못했으나 안궁과 하도해의 실력이 어떤지 직접 보았던 전풍과 독고무는 진유검의 말을 감히 부정하지 못했다.

"그리고 하나 더. 문득 루외루가 떠올랐다. 루외루가 나와 같은 생각을 하고 있다면 굳이 내가 아니라도 단우 노야가 목숨을 부지하기란 쉽지 않겠다는 생각이 들었지."

"루외루가 그런 모험을 감행할까? 자칫하면 동맹이 깨질 텐데?"

독고무가 부정적인 표정으로 되묻자 사도은이 다시금 끼어들었다.

"충분히 가능한 얘기라고 봅니다. 설사 단우 노야가 목숨을 잃는다고 해도 산외산 입장에선 무황성과 본 교가 손을 잡고 있는 이상 함부로 동맹을 깨기가 쉽지 않을 겁니다. 동맹이 깨지는 순간, 그들이 원했던 꿈은 물거품이 될 테니까요."

"억지 아닙니까, 영감님? 상식적으로 우두머리가 돼졌는데 복수할 생각도 하지 않고 원수 놈과 손을 잡는다는 것이 말이 안 되잖아요."

전풍이 기가 막힌다는 듯 소리쳤다.

"상식만으론 무림을 제패하진 못한다. 그리고 단우 노야에 대한 복수라면 동맹을 유지하여 무림을 평정한 뒤에 해도 결코 늦지는 않아. 어쩌면 그들 입장에선 그때 복수를 하는 것이 더욱 통쾌한 일이 될 수도 있는 것이고."

"흠, 그런가?"

전풍이 알 듯 말 듯한 표정을 지으며 고개를 갸웃거렸다.

사도은의 말이 끝나기를 기다린 진유검이 이제야 자신의 깊은 뜻을 알아들었느냐는 듯 한심하단 표정으로 전풍을 노려보았다.

"이제 알았냐? 루외루가 단우 노야를 분명히 노릴 것이라는 확신이 있었기에 단우 소저의 청을 받아들인 것이다. 네놈의 헛소리처럼 그런 이유가 아니라."

묵묵히 고개를 끄덕이며 진유검의 말을 수용한 독고무와는 달리 그때까지도 고개를 갸웃거리던 전풍이 갑자기 거만하게 팔짱을 끼곤 씨익 웃었다.

"흐흐흐! 아무리 그럴듯한 이유를 대도 어차피 내 눈에는 비겁한 변명으로 보일 뿐입니다."

"에라이! 내가 말을 말지. 너 같은 놈에게 설명은 무슨 얼어 죽을 설명!"

진유검의 입에서 결국 거친 말이 터져 나왔다.

*　　　　*　　　　*

"분위기가 심상치 않다니?"

단우 노야를 치료하기 위해 전력을 다하느라 탈진 상태에 이른 단우린을 안타깝게 지켜보고 있던 석파행이 고개를 획 돌리더니 더없이 날카로운 눈빛으로 물었다.

"야수궁에서 우리를 보는 분위기가 그다지 호의적이지 않더군요."

안궁의 말에 하도해가 몇 마디를 덧붙였다.

"호의적이지 않다기보다는 어찌 대해야 할지 당황하는 것 같았습니다. 아마도 이번 싸움에서 산외산과 야수궁의 관계를 정확하게 파악하고 있는 수뇌들이 대거 목숨을 잃었기 때문인 것 같습니다. 밑의 놈들이야 우리의 존재를 제대로 알지도 못하니까요."

"다들 쓸데없는 생각 하지 마. 그런 문제는 묵 사형이 깨어나면 자연적으로 해결될 일이니까. 참, 아직 별다른 소식은 없지?"

석파행이 인요후를 돌아보며 물었다.

"예, 수호령주란 놈에게 워낙 심하게 당해서요. 필사적으로 치료를 하는 것 같은데 정신을 차리긴커녕 목숨이 간당간당하는 모양입니다."

"사형이다. 함부로 말하지 마라."

석파행이 차갑게 일갈하자 인요후가 고개를 까딱였다.

"죄송합니다."

인요후가 말과는 달리 그다지 반성의 빛을 보이지 않자 석파행이 못마땅한 눈빛으로 그를 노려보았다.

"그런데 사형."

마참이 슬며시 주변을 둘러보곤 착 가라앉은 음성으로
입을 열었다.

"솔직히 묵 사형이 정신을 차려도 문제 아닐까요?"

"문제… 라니?"

되묻는 석파행의 음성도 급격하게 낮아졌다.

"누구보다 야망이 큰 사형입니다. 이전부터 대사형에 대
해서 공공연히 불만을 토로하기도 했었고요."

"무슨 말을 하고 싶은 거냐?"

석파행이 벌떡 일어나 소리쳤는데 목소리의 떨림이 결
코 가볍지 않았다.

"이미 짐작하고 계실 텐데요."

마참이 석파행의 눈빛을 피하지 않고 말을 이었다.

"솔직히 말씀드리지요. 저는 만약 묵 사형이 정신을 차
리고 사부께서 저리되신 것을 안다면 우리 모두의 안전을
장담할 수 없다고 봅니다."

"닥쳐! 그런 망발을 어디서 함부로!"

석파행이 불같이 노해 소리쳤다.

"……."

"이번엔 못 들은 것으로 하겠지만 다시는 그따위 말을
입에 담지 마. 다음엔 결코 용서치 않는다."

"알겠… 습니다."

마참이 붉어진 얼굴로 고개를 숙이고 물러나자 안궁이 넌지시 말했다.

"그래도 대비는 해야 할 겁니다."

"사제까지 왜 그래!"

석파행이 신경질적으로 눈을 치켜뜨자 안궁이 정색을 하며 물었다.

"하면 사형은 진실로 묵 사형을 믿으십니까?"

"그, 그건……."

석파행이 순간적으로 머뭇거리자 안궁의 눈빛이 날카롭게 번득였다.

"사형의 그런 반응이 바로 지금 우리에게 위기가 닥치고 있음을 반증하는 것입니다."

"……."

석파행은 대답하지 못했다.

*   *   *

"묵첩파에게서 답장이 왔습니다."

약간은 상기된 표정의 공손유를 보며 갈천상 역시 놀랍다는 반응이었다.

"허! 설마 했더니만. 너희의 판단이 정확했구나."

"그래도 다행이네요. 조금만 더 연락이 늦었어도 움직이려 했으니까요."

공손은도 반색했다.

"그자가 운이 좋은 것인지 우리가 운이 좋은 것인지 모르겠구나."

"아무튼 대단한 사람이네요. 생사가 오가는 순간에도 이런 냉정한 판단을 내릴 수 있다니 말이에요."

"그 정도는 되니까 한 무리의 수장을 하고 있겠지. 세외사패 중 누구보다 빨리 움직인 것을 보면 다른 자들보다 야망도 많은 듯하고."

"눈치도 빠르고요. 그저 우리의 의중을 슬쩍 전한 것뿐인데 의도한 바를 정확하게 파악했어요."

연신 고개를 끄덕이던 갈천상이 길게 숨을 내뱉곤 물었다.

"한데 어떤 식의 제안을 해온 것이냐?"

"직접적인 공격을 원하더군요."

갈천상의 입이 절로 벌어졌다.

"허! 참으로 대담한 자가 아니냐? 동맹이 깨질 위험이 있음에도 그런 요구를 하다니."

"동맹 문제뿐만 아니라 단우 노야를 지키지 못했다는 질책까지 각오하는 것이지요. 그마저도 감당하겠다는 것을 보니 소름이 끼칠 정도네요."

공손은이 몸을 부르르 떨었다.

"최대한 빠른 공격을 원하는 것을 보면 자신의 부상을 핑계 삼을 생각인 것 같습니다. 생사가 오가는 부상 중에 발생한 우발적인 상황임을 주장한다면 딱히 추궁하기도 애매하니까요."

공손은의 말에 갈천상도 동의했다.

"거기까지 생각했다고 보는 것이 맞겠군."

"어쨌든 우리에게도 나쁜 제안은 아닙니다. 그가 원하는 대로, 아니, 계획대로 움직이도록 하지요."

공손유가 말했다.

"병력은 얼마나 동원할 생각이냐? 작전은……."

"성동격서. 처음의 계획대로 시행하겠습니다. 우리도 구색을 맞춰야 하니까요."

"알았다. 계획대로 노부가 조공을 맡으마."

"감사합니다."

갈천상에게 예를 표한 공손유가 고개를 돌렸다.

"고운."

"예, 아가씨."

"준비를 해줘. 계획대로 오늘 밤이야."

"알겠습니다."

고운이 조용히 대답하고 물러갔다.

"만약에 말이다."

고운이 물러가기를 기다렸던 갈천상이 조금은 심각한 표정으로 입을 열었다.

"이것이 놈들의 함정이라면 어찌 되는 것이냐?"

함정이란 말에 공손유와 공손은의 몸이 동시에 흠칫했다.

그것도 잠시, 공손유의 눈에서 한광이 뿜어져 나왔다.

"우리를 기만한 것이라면 단우 노야는 물론이고 묵첩파, 그자의 목숨까지 거두면 될 일입니다."

"흐음."

야수궁이 정말로 함정을 판 것이라면 공손유의 말대로 될 가능성은 전무했지만 갈천상은 아무런 말도 하지 않았다.

주사위는 이미 던져졌다.

*   *   *

"그게 무슨 소립니까? 루외루의 움직임이 심상치 않다니요?"

번강이 잔뜩 인상을 쓰며 물었다.

"정확히 파악은 되지 않았지만 병력을 움직인 것은 틀림없소이다."

무황성 형양지부장 조청무가 심각한 표정으로 대답했다.

"설마 다시 공격을 하려는 것인가."

염고한이 침음을 내뱉으며 말했다.

"확인되지 않았습니다. 하지만 배제할 수는 없습니다."

"충분히 가능성이 있는 얘깁니다. 병력은 야수궁이나 우리에 비해 다소 손색이 있을지 몰라도 이번 싸움에서 가장 피해를 적게 본 곳이 바로 루외루입니다. 만약 은밀히 지원군이라도 도착을 했다면 도발을 해온다고 해도 이상할 것이 없습니다."

자운산의 우려 섞인 말에 분위기는 한층 무거워졌다.

"어쩌면 가장 적기라 할 수 있겠지요. 본가의 어르신들은 물론이고 수호령주와 천마신교의 교주마저 큰 부상을 당했으니까요."

남궁학이 힘없이 중얼거렸다.

가주의 죽음에 이어 검성과 본가의 원로들까지 잃었기 때문인지 전에 없이 위축된 모습이었다.

"천마신교 쪽에선 연락이 없습니까?"

번강이 물었다.

"아직, 하지만 전령을 보냈으니 곧 반응이 올 것이오."

조청무가 대답했다.

"흡, 아무리 친분이 있다고 해도 명색이 수호령주라는 사람이 천마신교 진영에 머물다니."

염고한이 엉뚱한 곳으로 화살을 돌린다고 생각했는지 자운산이 나섰다.

"그 정도는 이해해 줘야지요. 솔직히 남궁 가주와는 원만한 사이였다지만 우리와는 조금 그러지 않았습니까. 게다가 부상까지 당했으니 아무래도 편한 곳을 원한 것이겠지요."

"아무리 그래도 그렇지."

자운산의 두둔에도 염고한은 화를 누그러뜨리지 않았다.

더 이상 두고 보면 막말이라도 나올 분위기라 판단한 번강이 재빨리 화제를 돌렸다.

"어쨌든 놈들의 움직임이 심상치 않다니 만약을 대비해 우리도 준비를 하는 것이 좋겠습니다."

"그렇게 하도록 하세. 이번에야말로 본때를 보여줘야 할 것이야."

"뼈저린 후회를 하도록 만들어줄 것입니다."

"이참에 야수궁까지 쓸어버리지요."

"그게 좋겠습니다. 어차피 궁주란 놈도 중상을 입었고 어지간한 수뇌들도 모조리 목숨을 잃었습니다. 더없이 좋은 기회입니다."

"맞습니다. 루외루 놈들을 박살 내고 야수궁까지 쓸어야 합니다."

사방에서 호기로운 말들이 터져 나왔지만 루외루의 강함을 직접적으로 겪은 남궁세가의 사람들은 굳은 얼굴로 입을 다물고 있었다.

*   *   *

"확실한 거냐?"

"그래, 저쪽에서 전령도 도착을 했고 그전에 우리도 직접 확인을 했다. 루외루의 움직임이 심상치 않아."

걱정스런 독고무와는 달리 진유검의 표정은 어딘지 모르게 미묘했다.

"역시 움직였군."

독고무의 눈이 번뜩였다.

"예상이라도 한 것 같다."

"당연히. 어쨌든 너무 걱정하지는 마라. 놈들은 우리를 노리는 게 아니다."

"우리가 아니라면 누구를… 아! 설마, 단… 우 노야?"

독고무가 황당하다는 듯 두 눈을 크게 떴다.

"쯧쯧, 내 이럴 줄 알았다. 그냥 한 귀로 듣고 한 귀로 흘려 버렸지? 일전에 분명히 얘기했잖아. 루외루에서도 내 생각과 같을 것이라고. 그를 제거하기 위해 움직이는 게 틀림없어."

전풍은 자신과 상관없다는 듯 슬쩍 고개를 돌려 딴짓을 했고 독고무는 민망한 얼굴로 말했다.

"그렇긴 하지만 설마 했지. 어쨌거나 저렇게 대규모로 움직이는 것을 보면 아주 작심을 한 모양이다. 우리가 알면 야수궁도 눈치채고 있을 텐데."

"그러게. 병력 차이를 감안했을 때 기습이 아니면 답이 없는데. 혹, 추가된 병력이 있답니까?"

진유검이 사도은에게 물었다.

"아직까지 그런 보고는 없습니다만 저들의 은밀함을 감안했을 때 배제는 할 수 없겠지요."

"설사 지원군이 왔다고 하더라도 정면으로 칠 생각을 하다니 무모한 것인지 대범한 것인지 모르겠군."

독고무가 연신 고개를 흔들었다.

"뭘 그리 어렵게 생각해요? 혹시 모르잖아요. 야수궁에서 놈들을 끌어들인 건지도."

전풍이 말에 독고무의 미간이 잔뜩 찌푸려졌다.

"뭔 소리야?"

"일전에 보니까 사제 관계가 아주 개판처럼 보이던데 이참에 맘에 들지 않는 사부를 아예 보내 버리려는 것일 수도 있단 말입니다."

장난처럼 던진 전풍의 말에 진유검과 독고무, 사도은은 놀란 얼굴로 서로를 바라보았다.

어쩌면 가장 그럴듯한 이유였기 때문이었다.

*   *   *

늦은 밤, 적막함을 단번에 깨버리는 비명과 함성 소리가 야수궁 진영을 뒤흔들었다.

뭔가 모를 불길함에 잠도 제대로 청하지 못하고 긴장하고 있던 석파행 등이 벌떡 일어났다.

"무슨 소란이지?"

석파행의 물음에 인요후가 고개를 흔들었다.

"모르겠습니다."

"예사 비명이 아니다. 분명 무슨 일이 벌어지고 있음이 틀림없어. 당장 확인해 봐."

"예."

마참이 자리를 박차고 뛰쳐나갔다.

"무슨 일이야, 석 숙부?"

단우 노야의 치료에 매달리다 잠시 눈을 부쳤던 단우린이 녹초가 된 얼굴로 나타났다.

"아직은 모르겠다. 확인하러 갔으니 이제 곧 알게 되겠지. 사부님의 상태는 좀 어때?"

"여전하시지 뭐. 고통은 조금 줄어드신 것 같긴 한데 아직 멀었어. 외상이야 대충이라도 처치가 가능했지만 내상은……."

답이 없는지 단우린의 안타까운 얼굴에서 절로 한숨이 흘러나왔다.

"움직이실 수 있을까?"

"저 상태로?"

석파행이 고개를 끄덕였다.

"미쳤어? 이제 겨우 안정을 찾으신 상태야. 어딜 움직여!"

"……."

석파행이 심각한 표정으로 바라보자 단우린도 그제야 분위기가 심상치 않음을 느꼈다.

"저 소리와 연관이 있는 모양이네."

"그래."

"남궁세가야? 아니면 천마신교? 아니, 누군지는 둘째 치고 그들이 야수궁을 공격할 여력이 있는 거야?"

"그들이 아니다."

단우린의 미간이 좁혀졌다.

"아니라면……."

"루외루."

루외루에 대한 생각은 전혀 생각도 하지 못했던 단우린이 멍한 얼굴이 되었다.

"그자들이 어째서… 동맹을 맺은 것 아니야?"

"그렇긴 하지만 사부님에 대한 두려움이 동맹을 유지하는 것보다 더 컸던 모양이다."

"아무리 그렇다고 해도 단전이 파괴되신 분이야. 무공을 회복하기는커녕 생사를 장담할 수 없는 상태라고."

단우린은 루외루의 행동을 도저히 이해하지 못하겠다는 듯 소리쳤다.

"그거야 우리 생각일 뿐이지. 그만큼 사부님이 보여주신 무위가 대단했다고 생각하면 된다."

기가 막힌 듯 말을 잇지 못하던 단우린이 문득 이상하다는 표정으로 고개를 갸웃거렸다.

"좋아. 그렇다고 쳐. 겁 많은 루외루 놈들이 공격을 한다고 해서 도망치기까지 해야 하는 거야? 저들이 강한 것은 알지만 야수궁이 뚫릴 일은 없잖아."

"그게 문제다."

안궁이 씁쓸하게 말했다.

"문제… 라니?"

"네 말대로 야수궁이 전력을 다해 우리를 보호한다면 큰 문제는 없을 거야. 우리도 있고. 그런데 야수궁이 우리를 방치한다면 어떨까?"

단우린의 눈이 화등잔만 해졌다.

"무, 무슨 말도 안 되는……."

"말도 안 되는 일이 벌어지고 있는 것 같다. 아직 확실하지는 않지만."

"마 사제가 확인을 하러 갔으니 이제 곧 알게 되겠지. 그러니까 미리 준비를 하는 것이 좋겠다. 짐을 다 챙길 여유는 없으니까 중요한 것만. 아, 사부님을 어떻게 모시는 것이 가장 좋을까?"

"그, 그게……."

단우린은 여전히 충격에서 벗어나지 못한 듯 제대로 대답을 하지 못했다.

"정신 차려. 사부님을 살려야지."

석파행이 단우린의 양쪽 어깨를 꽉 움켜잡고 흔들었다.

고통 때문인지 아니면 상황의 급박함을 제대로 깨달은

것인지 고운 아미를 잔뜩 찌푸린 단우린이 한결 차분해진 음성으로 대답했다.

"할아버지는 절대적인 안정이 필요한 상황이야. 그나마 가장 좋은 것은 들것으로 이동을 하는 것이겠지만 불가능하겠지?"

"아마도. 험난한 길이 예상된다."

석파행의 대답에 단우린이 쓰게 웃었다.

"그렇다면 답은 하나잖아. 내가 업고 모셔야지."

65장

생(生)과 사(死)

"시작되었습니다."

일액의 보고에 멀리서 들려오는 함성을 통해 이미 짐작하고 있던 묵첩파가 힘겹게 고개를 끄덕였다.

"이, 일엔 차… 질이 없겠지?"

왼쪽 눈을 제외한 온몸을 붕대로 감고 있는 묵첩파가 물었다.

입을 놀리는 것조차 버거운지 음성엔 힘이 없었고 그나마도 덜덜 떨렸다.

"루외루의 전력이 움직였습니다. 실패는 없을 것입니다."

"의심… 을 사는 일도 없… 어야 한다."

"약속한 대로 루외루의 공격은 조공과 주공으로 나뉘었습니다. 조공을 막는 거웅족은 일의 내막을 알지 못하니 필사적으로 막을 것입니다. 주공은 무리 없이 그곳으로 향하게 될 것입니다. 물론 중간 과정에서 다소간의 충돌은 있겠지만 행여나 시간을 끌거나 발목을 잡는 일은 없도록 조치해 두었습니다."

"그, 그 정도로 충분할까?"

묵첩파가 힘겹게 숨을 몰아쉬며 물었다.

"거웅족과의 싸움에서 양측 간 상당한 피해가 발생할 터이니 문제 될 것은 없습니다. 뭔가 이상한 점들도 드러날 것이고 소문도 떠돌 수 있겠지만 그 정도는 무황성 놈들이나 천마신교에서 만들어낸 것이라 밀고 나가면 그뿐입니다. 루외루와의 밀담도 공식적으론 궁주님이 아니라 제가 추진한 것이고요. 이 모든 것이 궁주님께서 사경을 헤매고 계신 상황에서 벌어진 일입니다."

"그, 그렇지. 난 지금 생사의 기로에 서 있는 것이지. 다소 문제가 생긴다고 하더라도 이런 몸으로 내가 뭘 어쩌겠어. 아무튼 사부만 사라지고 나면 그 후에는… 크크크!"

장밋빛 미래를 떠올린 묵첩파의 눈은 마치 회광반조라도 돈 듯 생기가 돌았다.

외부 동향을 살피기 위해 움직였던 마참이 돌아오고 루외루의 공격이 시작되었다는 말과 함께 이미 준비를 하고 있던 석파행 일행은 곧바로 탈출을 감행했다.

한데 그들이 자리를 뜨기도 전에 앞길을 가로막는 자들이 있었다.

"어디를 가시는 겁니까?"

독수당 부당주 방참이 묘한 표정을 지으며 물었다.

지난밤부터 단우 노야를 지키기 위한 명목으로 배치된 독수당이었지만 경계를 선다기보다는 사실상 그들의 움직임을 감시하는 자들이었다.

"절대적인 안정이 필요하신 분이다. 소란이 가라앉을 동안 잠시 피할 생각이다."

"소란은 금방 가라앉을 것입니다. 염려하지 마시고 돌아가시는 것이 좋을 것 같습니다."

방참이 공손한 자세로 말했다.

"금방 가라앉을 것 같지는 않은데 말이지."

석파행이 점점 가까이 다가오는 함성 소리를 의식하는 몸짓을 하며 말했다.

"제가 받은 임무는 여러분께서 이곳에서 지내시며 노야께서 무사히 치료를 받도록 하는 것입니다. 이렇듯 아무런 말씀도 없이 떠나시면 제가 곤란해집니다."

"그래도 떠나야겠다면? 막을 생각이냐?"

석파행의 눈에 살기가 돌자 방참이 고개를 숙였다.

"저희가 어찌 그러하겠습니까. 다만 명을 받은 저희 입장이라는 것이 있으니 잠시만 기다려 주시지요. 위쪽에 보고만 드리겠습니다."

그것이 시간을 끌려는 수작이라는 것을 모를 리 없는 석파행이 가소롭다는 듯 웃었다.

"정말 웃기는군. 그 위라는 곳 말이다, 네놈들이 하늘처럼 떠받드는 묵 사형조차 우리에게 함부로 하지 못한다. 아니, 이제는 사형이라는 말 따위는 성립하지 않겠군."

석파행의 말이 끝나기도 전에 이미 만반의 준비를 하고 있던 이들의 몸이 허공으로 치솟았다.

주변을 에워싸고 있는 독수당의 병력은 대략 이십 명 정도였고 개개인의 실력 역시 야수궁에서 최고라 할 수 있었지만 그들을 향해 살수를 퍼붓고 있는 자들은 묵첩파에 비해도 크게 실력이 떨어지지 않는 산외산의 고수들이었다.

이십 명이란 숫자가 사라지는 건 그야말로 눈 깜짝할 사이였다.

그나마 방참이 조금 버티기는 하였으나 그 역시 석파행이 작심하고 휘두른 검에 목이 달아났다.

"이것으로 확실히 돌아올 수 없는 강을 건넜군."

석파행이 피 묻은 검을 방참의 몸에 닦으며 말했다.

"이놈들이 우리를 막는 순간부터 이미 끝난 거지요."

안궁이 말했다.

"그나저나 묵 사형도 웃기는군. 고작 이 정도로 우리를 막을 수 있다고 생각한 걸까?"

하도해가 차가운 주검이 되어 쓰러진 독수당의 병력을 둘러보며 말했다.

"그저 혹시나 하는 마음으로 붙여놓은 거겠지. 설마하니 우리가 도망치리라곤 생각하지 않았을 테니까."

안궁의 말에 모두의 표정이 어두워졌다. 어찌 되었든 동문 사형제에게 이런 식으로 배반을 당했다는 것에 분노가 일었고 마음도 아팠다.

석파행이 마참에게 시선을 두었다.

"퇴로는?"

야수궁의 분위기가 심상치 않다는 것을 확인한 순간부터 마참은 안전한 퇴로를 확인하기 위해 무척이나 애를 썼다.

"왼쪽 들판을 가로질러 숲으로 들어가는 곳뿐입니다. 중간에 암족의 진영이 있지만 상대적으로 무공이 약한 자들입니다. 게다가 대부분이 무황성과 천마신교를 살피기 위해 흩어져 있어 통과하는 데 큰 무리는 없으리라 봅니다."

"그래도 방심은 금물이다. 천마신교에서 지내는 동안 천마신교의 요원들이 놈들과 충돌한 것을 몇 번 보았는데 요상한 재주가 많더라고."

안궁의 말에 마참이 고개를 끄덕였다.

"맞습니다, 사형. 그래도 상대적으로 가장 전력이 약한 곳입니다."

"그래, 지금 상황에서 위험하지 않은 곳은 없을 테니까."

"자, 서두르자. 곧 놈들이 몰려올 것이다. 길은 우리가 뚫을 테니까 사제들은 린아와 사부님을 지켜."

석파행이 안궁과 하도해를 돌아보며 불안한 표정으로 단우 노야를 업고 있는 단우린을 가리켰다.

석파행과 시선을 맞춘 단우린이 슬픈 미소를 지어 보였다.

"빌어먹을!"

루외루가 공격을 시작하는 것과 동시에 일액의 명을 받고 움직인 독수당주는 몰살당한 수하들을 보며 당황함을 감추지 못했다.

그가 받은 명은 간단했다.

루외루의 공격으로부터 단우 노야 일행을 보호한다는 명분으로 그들이 절대 자리를 벗어나는 일이 없도록 하라는 것. 만약 무단으로 자리를 이탈할 경우 무력을 사용해서라도 막으라는 명을 은밀히 받은 상황이었다.

한데 정작 막아야 할 단우 노야 일행은 보이지 않고 그들을 지키고 있던 수하들은 몰살을 당한 상태였으니 모든 일이 틀어지고 말았음을 직감했다.

"머저리 같은 놈들!"

독수당주가 괜한 화를 목숨을 잃은 수하들에게 토해내고 있을 때 루외루의 병력이 들이닥쳤다.

일액에게 루외루의 움직임에 대해 미리 언질을 받은 독수당주는 그리 놀라지 않았다.

"이게 어찌 된 것입니까, 당주님?"

복면을 쓴 채 루외루의 길 안내를 맡았던 사내가 당황함을 감추지 못하고 물었다.

"아무래도 눈치를 챈 모양이다. 군사님의 명을 받고 곧바로 달려왔는데 와보니 이 모양이야."

복면 사내가 일액이 직접적으로 부리는 군사부의 요원임을 확인한 독수당주가 민망한 표정을 지었다.

"모두 일검에 당했습니다. 대단한 실력이군요."

시신의 상처를 살피던 고운이 놀라움을 감추지 못했다.

"일전에도 봤잖아. 단우 노야 제자 넷이서 남궁세가 원로들을 쓰러뜨리는 것을. 새롭게 합류한 이들의 실력 또한 만만치 않겠지."

공손유가 자신이 이끌고 온 병력을 보며 입술을 살짝 깨물었다.

고르고 고른 오십 명, 상대의 실력을 감안했을 때 얼마나 살아남을지 가늠하기가 힘들었다.

그때 시신을 살피던 고운과는 달리 주변을 면밀히 조사하던 청송이 공손유를 불렀다.

"큰아가씨."

"찾았나요?"

"예, 이쪽입니다."

청송이 왼쪽 방향을 가리켰다.

정확히 마참이 언급한, 그리고 탈출을 시작한 석파행 일행이 선택한 퇴로였다.

"안내 부탁해요."

공손유가 복면 사내에게 말했다.

"알겠습니다. 당주님은 어찌하시겠습니까?"

잠시 고민하던 독수당주가 말했다.

"우리도 간다. 그들을 막는 것이 우리의 임무였으니까."

독수당주의 말에 공손유가 미간을 찌푸렸다.

"괜찮겠어요? 위에선 우리의 힘으로 처리하는 것을 원할 텐데요."

"처리가 되었을 경우겠지요. 만약 그들이 탈출에 성공하면 오히려 더 곤란합니다."

잠시 독수당주를 바라보던 공손유가 고개를 끄덕였다.

적의 전력을 감안했을 때 독수당이 도와주면 아군의 피해를 훨씬 더 줄일 수 있다는 생각이 들었기 때문이다.

"지, 지금 뭐라 한 거냐? 누… 가 탈출을 해?"

온몸에 부상을 당하지 않은 곳이 없었지만 왼쪽 눈과 더불어 유이하게 멀쩡한 곳, 묵첩파가 우뚝 솟은 하물을 열심히 탐닉하던 애첩의 머리채를 힘겹게 낚아채며 소리쳤다.

"루외루의 병력이 도착을 했을 땐 주변을 지키던 독수당의 아이들은 이미 몰살을 당했고 놈들은 도망을 쳤다고 합니다. 아마도 눈치를 챈 것 같습니다."

"도, 독수당주 그놈은 뭘 하고? 군사가 미리 움직인다고 했잖아."

"독수당주가 도착하기 전에 당한 것 같습니다."

"병신 같은 새끼들! 다 죽어가는 노인네와 부상당한 놈들에게 당하다… 으으……."

불같이 노하여 소리치던 묵첩파가 갑작스레 밀려든 고통을 참지 못하고 고통의 신음을 내뱉었다.

"괜찮으십니까?"

놀란 일액이 방 안 구석에서 대기하던 의원에게 눈짓하자 늙은 의원들이 부리나케 달려왔다.

"꺼… 져!"

의원들에게 으르렁거린 묵첩파가 간신히 숨을 가다듬으며 물었다.

"추… 격은 어찌하고 있지?"

"루외루가 곧바로 추격에 나섰다고 합니다. 멀리 못 갔을 테니 걱정하지 마십시오."

"도, 독수당 놈들보고……."

"독수당과 함께 쫓고 있다는 보고입니다."

"그나마 다행이군."

다소 안심이 되었는지 묵첩파의 호흡이 조금은 편해진 듯 보였다.

"피해는 어때?"

"주변을 지키던 독수당의 병력은……."

"아니, 그쪽 말고."

일액은 묵첩파의 말을 곧바로 이해를 했다.

"거웅족의 피해는 아직 올라오지 않았습니다만 어느 정

도는 각오하셔야 할 것 같습니다. 이번에 동원된 루외루의 전력이 워낙 만만치 않습니다."

"이제 그만 끝내."

"싸움은 조금 오래 끄는 것이 좋을 듯합니다만."

"됐어. 사냥감이 이미 도망갔는데 아무리 필요에 의해서라 해도 변죽만 올리고 있는 것도 꼴사납잖아. 그쯤 하면 충분해."

"알겠습니다. 그리 조치하겠습니다."

일액이 대기하고 있던 수하에게 눈짓을 보냈다.

"병신 같은 짓을 했어. 어차피 이리될 것이라면 처음부터 연극 따위는 하지 말고 치는 건데. 의심 많은 쥐새끼들이 준비를 하기 전에 말이다."

묵첩파의 자책에 일액은 아무런 대꾸를 하지 않았다.

모든 계획엔 변수라는 것이 존재하는 법.

묵첩파의 말은 어차피 결과론적인 얘기일 뿐이었다.

"어쨌거나 지금 가장 중요한 것은 반드시 잡아야 한다는 거다. 사부는 물론이고 다른 연놈들까지. 만약 한 놈이라도 빠… 져나가면 우리… 가 계획… 했던 모든 일이 허, 헛… 짓거리가 되는 거… 야."

헉헉거리며 간신히 말을 마친 묵첩파가 혼절하듯 눈을 감았다.

"명심하겠습니다."

공손히 대답한 일액이 몸을 돌렸다.

'놈들이 도주하는 방향이라면 천운산이다. 루외루와 독수당의 병력이라면 충분하겠지만 혹시 모르니 우회하여 차단할 병력을 더 보내야겠군. 시간상 따라잡을 수 있는 우리 흑족의 전사만이 유일할 것이고. 그나마도 귀풍(鬼風) 뿐이겠군.'

일말의 가능성이라도 배제를 하기 위해 일액의 머리는 빠르게 회전하고 있었다.

$$* \qquad * \qquad *$$

"상황은 어때?"

진유검이 독고무가 새롭게 올라온 보고서를 펼치기도 전에 물었다.

"기다려 봐라."

핀잔을 한 독고무가 빠르게 보고서를 읽어 내려갔다.

시시각각으로 올라오던 조금 전의 보고서와 내용은 크게 다르지 않았다.

"뭐래?"

"별거 없다. 계속 도주 중이라는 보고만 있어. 아직 잡히진 않은 것 같다. 이러다 정말 탈출에 성공할 수도 있겠는데. 그렇지 않아?"

독고무가 사도은에게 물었다.

"불가능한 것은 아니나 가능성은 여전히 희박해 보입니다. 그나마 빠른 대처로 적진을 빠져나왔기에 이만큼의 가능성이나 있는 것이지 만약 무방비로 부딪쳤다면 걸음도 제대로 떼지 못하고 끝장이 났을 것입니다."

"그리고 보면 배신을 눈치챈 그자들의 눈치도 대단해. 쉽게 생각할 수 있는 것이 아닌데 말이야."

독고무의 중얼거림에 진유검은 자신도 모르게 쓴웃음을 지었다.

단우린 일행이 떠나던 순간, 안궁과 하도해에게 루외루를 조심하라는 경고를 해주었음을 떠올린 것이다.

그들이 탈출에 성공한 것이 전적으로 그때의 충고 때문이라고는 말할 수는 없겠지만 분명 어느 정도는 영향을 끼쳤음은 확실했다.

"한데 태상원로가 시간을 맞출 수 있을지 모르겠다."

"서둘러 움직였으니 늦지는 않겠지. 다만 걱정은 혈륜전마의 무공으로 저들을 감당할 수 있느냐는 건데."

독고무가 자신의 말에 대한 의견을 묻는 듯한 시선을 사도은에게 보냈다.

"찬강육좌와 칠좌가 함께 움직였으니 충분히 감당할 수 있을 것입니다. 어차피 모두를 구할 생각은 아니니까요."

"그렇다면 다행이지만 과연 어떨지……."

독고무가 진유검의 눈치를 슬쩍 보며 말끝을 흐렸다.

*   *   *

단우 노야 일행이 추격자들에게 꼬리를 잡힌 것은 감시역인 독수당의 병력을 몰살시키고도 제법 오랜 시간이 흐른 뒤였다.

탈출을 감행한 그들에게 가장 큰 위험은 숲 쪽으로 향하는 길을 막고 있는 암족이었다.

야수궁의 눈이자 모든 정보를 취급하고 있는 족장 록한과 핵심 수뇌들은 묵첩파와 일액이 꾸민 계획을 파악하고 있었지만 굳이 그 사실을 수하들에게 알리지 않았다. 아무리 피로 연결된 부족원이라고 해도 비밀을 아는 사람은 최소한으로 국한해야 한다고 판단한 것이다.

그런 상황에서 암족은 갑작스레 전해진 루외루의 공격에 정신을 차리지 못했고 대다수의 전력마저 강남무림 연합군과 천마신교를 감시하기 위해 이탈한 상태였기 때문에 단우 노야 일행은 걱정과는 달리 아무런 제재를 받지 않고 암족의 진영을 무사히 빠져나갈 수 있었다.

몇몇 사람이 단우 노야 일행의 움직임에 의구심을 품기는 했으나 그 의구심을 풀기 위해 직접적으로 움직인 사람은 아무도 없었다.

모든 것이 순조롭게 풀려가는가 싶던 순간, 단우 노야 일행의 발걸음은 그들을 쫓고 있던 루외루와 독수당이 아니라 엉뚱한 자들에 의해 가로막혔다.

다름 아닌 일액이 혹시나 하는 마음으로 퇴로를 차단하기 위해 보낸 흑족의 전사들이었다.

야수궁에서 가장 빠른 몸놀림을 자랑하는 흑족은 얼마 전 벌어진 싸움에서 낭아봉을 들고 공격을 펼치던 족장이 진유검의 무흔지에 목숨을 잃은 것을 제외하곤 야수궁에서 가장 양호한 전력을 보유한 곳이었는데 특히 귀풍은 그중에서도 최고로 치는 전사들이었다.

숫자는 정확히 삼십.

독수당이나 광수당을 능가할 정도는 아니나 그래도 그들 못지않다는 평가를 받을 정도로 뛰어난 흑족의 전사들이 일제히 달려들자 단우 노야 일행도 긴장하지 않을 수 없었다.

눈앞의 상대가 두려워서가 아니었다.

그들로 인해 자칫 시간을 지체한다면 지금쯤 맹렬하게

추격하고 있을 루외루에게 덜미를 잡힐 가능성이 있었기 때문이었다.

이심전심이었다.

최대한 빨리 승부를 봐야 한다고 여긴 석파행과 사제들은 암족의 전사들에게 가혹하다 싶을 정도로 잔인하게 살수를 퍼부었다.

반각도 되지 않는 짧은 시간 만에 삼십에 이르던 흑족의 전사 중 살아남은 사람은 아무도 없었다.

그런데 마지막까지 대항을 하던 전사는 숨이 끊어지기 직전 고통과 절망이 아니라 입가에 웃음을 머금었다.

후미에서 그토록 기다리고 있던 추격대가 도착한 것을 본 것이다.

임무는 완수했고 부족의 명예도 지켜냈으니 죽어도 여한은 없다는 표정이었다.

숲에서 쏟아져 나온 루외루와 독수당의 병력은 곧바로 단우 노야 일행을 에워쌌다.

사실 독수당주는 단우 노야 일행과 이렇게 직접적으로 대치하는 그림을 원하지 않았다.

독수당주가 원한 것은 그저 루외루를 지원하며 혹여라도 단우 노야 일행이 탈출하는 것을 막는 것이었다. 다만 문제는 공손유 역시 수하들의 피해를 최소한으로 줄일 생각을 하고 있었다는 것이다.

추격하는 과정에서 양쪽의 의견은 충돌할 수밖에 없었는데 칼자루는 전적으로 루외루에서 쥐고 있었다.

루외루는 그냥 포기하면 그만이지만 이미 배반의 길을 걸어버린 야수궁은 그럴 입장이 되지 못했기에 적극적으로 나서라는 루외루의 요구를 들어줄 수밖에 없었다.

"뚫어라!"

석파행의 명이 떨어지기가 무섭게 인요후와 나호헌이 무섭게 치고 나갔다.

본능적으로 방향을 잡은 곳이 하필 독수당이 포위망을 구축한 곳이었다.

"막앗!"

당황한 독수당주의 외침은 곧바로 터져 나온 수하들의 비명에 묻히고 말았다.

인요후와 나호헌은 그들 나이에선, 아니, 그 범위를 아무리 넓게 잡는다고 해도 적수를 쉽게 찾아볼 수 없을 정도로 뛰어난 고수들이다.

독수당이 야수궁의 최정예임은 틀림없었지만 실력 차이가 현격하게 날 수밖에 없었고 그들이 휘두르는 일검을 제대로 감당해 내는 사람은 존재하지 않았다.

인요후와 나호헌의 거침없는 공격에 독수당의 포위망은

완벽하게 갖춰지기도 전에 크게 흔들렸고 석파행 등은 그틈을 놓치지 않고 순식간에 포위망을 벗어났다.

"병신새끼들아! 물러서지 말라고! 막아!"

독수당주가 온갖 악을 써가며 간신히 전열을 수습하고 이중 삼중으로 포위망을 구축하며 조직적으로 협공을 지휘하면서 비로소 인요후와 나호헌의 기세가 조금은 주춤해졌다.

십수 명의 수하를 잃은 후에야 비로소 포위망을 구축한 수하들이 야생마처럼 미쳐 날뛰던 적들에게 밀리지 않는다는 것을 확인한 독수당주가 욕설을 내뱉으며 한 걸음 물러났다.

전장엔 이미 독수당주와 수하들뿐이었다.

루외루의 병력은 석파행 등이 포위망을 뚫고 달아나는 것과 동시에 추격을 시작했다.

"제기랄!"

독수당주의 입에서 욕설이 튀어나왔다.

루외루 병력과의 실력 차이를 분명히 인식하고 있었음에도 막상 상황이 닥치자 뭔지 모를 부끄러움이 느껴졌다.

칠십 명이 넘는 인원이 고작 두 명의 공격에 그토록 속절없이 무너지는 모습을 보여줬으니 굳이 루외루와 비교해서가 아니더라도 충분히 부끄러워할 만했다.

그 부끄러움이 분노로 변해 포위망에 갇혀 있는 인요후와 나호헌에게 향했다.

"뒈질 때 뒈지더라도 눈깔 하나는 가지고 가야 할 것 아냐!"

수하의 목이 허공으로 치솟는 것을 보면서도 독수당주의 입에선 안타까운 탄식 대신 듣기 거북한 욕설이 연신 터져 나왔다.

와직!

가히 천근의 힘이 담긴 하도해의 발길질에 후미에서 그를 공격하던 사내가 한 마디 비명도 내뱉지 못하고 가슴뼈가 그대로 함몰되어 절명했다.

"네놈들이 감히 나를 잡겠다고? 고작 몇 놈을 남기고 떠나? 이것들이 누굴 병신으로 아나!"

힘없이 무너져 내리던 사내의 머리를 다시금 찍어 누르며 외치는 하도해의 눈빛은 붉게 충혈된 상태였다.

시간을 충분히 끌어줘야 하는데 사제 마참에게 그랬듯 루외루는 소수의 인원을 남기고 스치듯 지나가고 말았다.

"죽고 싶은 놈들만 와라. 아주 잘근잘근 밟아주마."

하도해는 자신을 포위하고 있는 적들을 차갑게 노려보았다.

그의 기세가 어찌나 험악한지 동료가 무참히 살해당했음에도 루외루의 무인들은 쉽게 공격을 하지 못했다.

그들이 약해서가 아니었다.

그만큼 하도해가 뿜어내는 기세가 무서웠고 무엇보다 그들을 이끌고 공격을 주도해야 했던 호법 곽창이 너무도 허망하게 목숨을 잃은 것이 컸다.

하도해의 입술이 오만하게 말려 올라갔다.

"오지 않는다면 내가 간다."

말이 끝나기도 전, 하도해의 신형이 허공으로 치솟고 그의 손에 들린 검이 번개처럼 움직였다.

"커흑!"

한 사내가 목을 잡고 비틀거렸다.

그가 움직일 때마다 손가락 사이로 흘러내리는 피가 급격하게 양을 늘렸다.

시작이 좋았는지 만족한 표정을 지은 하도해가 다음 목표를 향해 움직였다.

그의 목표가 된 사내의 얼굴이 딱딱하게 굳었다.

눈 깜짝할 사이에 동료의 목을 베고 방향을 바꿔 자신의 목숨마저 노리는 검.

뻔히 알면서도 피할 방법이 없었다.

미친 듯이 몸을 흔들며 뒷걸음질 쳤지만 검은 한 치의

오차도 없이 가슴 어귀를 가르고 지나갔다.

살갗을 파고 들어오는 검의 차가운 느낌에 머릿속이 하얗게 변했다.

"으악!"

밀려오는 고통보다는 죽음에 대한 공포로 인해 비명이 터져 나왔다.

비명은 짧았다.

사내의 비명이 끝나기도 전에 방향을 튼 하도해의 검이 그의 머리를 허공으로 날려 버린 것이다.

높이 솟구친 사내의 머리에서, 목이 잘린 몸에서 치솟은 피 분수가 사방을 붉게 물들였다.

단 한 번의 도약, 몇 번의 움직임으로 단숨에 두 명의 목숨을 취한 하도해가 두려운 얼굴로 뒷걸음질 치는 적들을 향해 포효했다.

"똑똑히 기억해라! 내가 하도해다. 지금이라도⋯⋯."

말이 끝나기 전, 뭔가가 날아들었다.

하도해의 시선이 자신의 발아래로 굴러오는 물체에 고정되었다.

경악으로 일그러진 눈동자, 고통으로 굳어버린 얼굴 근육.

조금 전, 시간을 벌기 위해 자신보다 먼저 후미로 처졌던 사제 마참의 목이었다.

"사, 사제."

하도해가 덜덜 떨리는 손으로 마참의 머리를 움켜잡을 때 조용히 전장에 끼어든 청송이 하도해의 손속에서 겨우 살아난 자들에게 물었다.

"큰아가씨는?"

"노, 놈들을 추격 중이십니다."

청송이 묵묵히 고개를 끄덕였다. 공손은이 그의 곁으로 다가왔다.

"언니가 곽 호법에게 맡긴 모양인데……."

공손유가 가리키는 방향을 따라 고개를 돌린 청송이 처참하게 망가진 시신을 확인하곤 눈빛을 빛냈다.

호법 곽창은 자신감이 다소 과한 인물이긴 해도 결코 실력이 약한 사람은 아니다. 한데 그런 곽창은 시신도 제대로 알아보기도 힘들 정도로 망가졌는데 그를 상대한 눈앞의 적은 생각보다 양호한 상태였다.

그건 곧 두 사람의 실력 차이가 꽤나 컸음을 의미하는 것이다.

따지고 보면 조금 전 상대했던 마참 또한 결코 약한 상대는 아니었다.

다만 남궁세가의 원로들을 상대하면서 당한 부상의 여

파 때문인지 인해 본래의 실력을 발휘하지를 못했을 뿐 만약 정상적인 상태였다면 지금처럼 빠른 승리를 얻지는 못했을 것이다.

"네놈이 한 짓이냐?"

마참의 머리를 내려놓은 하도해가 이글거리는 눈빛으로 소리쳤다.

청송은 검을 살짝 치켜세우는 것으로 대답을 대신했다.

"죽어랏!"

전력을 다한 석파행의 검이 공손유의 머리를 내리찍었다.

일각여 동안 이어진 싸움에서 만신창이가 된 그에게 더 이상 남은 힘은 없었다.

우연찮게 찾아온 마지막 기회마저 놓친다면 차가운 시신이 되어 쓰러지는 길밖에 없으리라.

위기에 빠진 듯 보였던 공손유의 신형이 살짝 흔들리는가 싶더니 그녀의 머리를 향해 맹렬하게 짓쳐 들던 검이 허무하게 허공을 갈랐다.

연기처럼 사라졌던 공손유의 신형이 다시금 모습을 드러냈을 때, 그녀의 검이 허공을 가른 석파행의 검을 산산조각 내버렸다.

석파행의 눈이 경악으로 부릅떠지고 우아하게 호선을 그린 그녀의 검이 석파행의 옆구리를 파고들었다.

"크헉!"

석파행의 입에서 외마디 비명이 흘러나왔다.

본능적으로 몸을 틀었음에도 부상은 치명적이었다.

최후의 공격이 실패하는 순간, 지금의 결과는 이미 예견된 것이나 다름없었다.

석파행이 허무한 눈빛으로 공손유를 바라보았다.

"본산에선 오늘의 일을 결코 좌시하지 않을 것이다."

"각오는 되어 있어요. 하지만 당장은 아니라고 봐요. 산외산에서 무림에 대한 욕심이 있다면."

"……"

공손유의 담담한 대답에 석파행은 입을 다물었다.

그녀의 말을 부정하고 싶지만 그럴 수 없다는 것에 절로 화가 치밀었다.

"어쨌든 다 끝났군요. 당신들의 빠른 대처에 조금 당황하기는 했지만."

공손유가 안궁을 매섭게 몰아치고 있는 고운을 바라보며 말했다.

공손유와 석파행의 싸움처럼 고운과 안궁의 싸움 역시 예상보다는 일방적으로 흘러갔다.

안궁의 실력을 감안했을 때 다소 의아스런 상황이었지만 어쩌면 이는 당연한 일이었다.

싸움에 온전히 집중할 수 있었던 고운과는 달리 안궁은 조금 뒤쪽에서 단우 노야를 지키기 위해 필사적으로 검을 휘두르는 단우린을 의식할 수밖에 없었다. 그리고 그걸 용납할 정도로 고운은 약하지 않았다.

석파행의 얼굴이 형편없이 일그러졌다.

무슨 말이라도 하고 싶었지만 이상하게 목소리가 나오지 않았다.

그저 인간이 알아듣기 힘든 신음 소리만이 흘러나올 뿐이었다.

그런 석파행을 잠시 지켜보던 공손유가 조금의 미련도 없이 몸을 돌렸다.

걸음을 옮기는 공손유의 눈에 막바지로 치닫는 고운과 안궁의 모습이 들어왔다.

"크으으으!"

고통스런 신음과 함께 안궁의 신형이 형편없이 밀렸다.

고운의 검에서 뻗어 나오는 무시무시한 기운이 안궁을 잡아먹을 듯 짓쳐 들었다.

힘겹게 움직인 안궁의 검이 허무하게 튕겨져 나가고 날카로운 파공성과 싸늘한 타격 음이 들리며 안궁의 몸이 휘청거렸다.

"으으음."

안궁의 입에서 나직한 신음이 흘러나왔다.

입술을 비집고 터져 나오는 비명을 억지로 참아냈으나 참기 힘든 고통이 끊임없이 밀려들었다.

자신의 위험함을 확인하고 달려오려는 단우린의 모습이 보였다. 몇 걸음 떼기도 전에 다시금 포위망에 갇혀 버렸지만.

'린아.'

안궁이 안타까운 눈빛으로 단우린을 바라보았다.

석파행이 쓰러졌고 자신 역시 돌이키기 힘든 부상을 당했다.

추격자들을 막기 위해 먼저 움직인 동료들 역시 같은 신세일 터. 더 이상 단우린과 단우 노야를 지켜줄 사람은 존재하지 않았다.

솔직히 단우 노야에 대한 감정은 그렇게 애틋하지 않았다.

애당초 살가운 사부도 아니었고 사형제들이 워낙 많다 보니 사제 간의 끈끈한 정도 많이 느끼지 못했다. 그저 엄하고 두려운 사부일 뿐이었다.

그러나 단우린은 아니다.

어릴 적부터 보아온 단우린은 그에게, 아니, 그의 사형제들에겐 딸이자 조카로서 그 무엇보다 소중한 존재였다.

그런 단우린을 끝까지 지키지 못한다는 것이 너무도 마음 아팠다.

퍽!

둔탁한 소리와 함께 안궁의 무릎이 그대로 꺾였다.

비명은 없었다.

고통을 초월한 듯 텅 빈 눈으로 하늘만 쳐다보는 안궁.

고운이 그런 안궁에게 최후의 일격을 날리려는 순간, 검 하나가 날아들었다.

황급히 몸을 틀며 검을 쳐 낸 고운 앞에 기어이 포위망을 뚫고 달려온 단우린이 서 있었다.

"숙부!"

단우린이 피투성이가 되어버린 안궁을 부둥켜안았다.

안궁의 얼굴에 희미한 미소가 걸렸다.

"뭐… 하러 왔어? 도망치지 않고."

"어차피 혼자서는 불가능해. 기왕 이리된 거 숙부 얼굴이나 보려고."

애써 밝은 표정으로 말은 하고 있었으나 목소리에 담긴 떨림과 슬픔, 공포를 느낀 안궁이 안쓰러운 표정으로 그녀의 손을 잡았다.

"미안하다."

"뭐가 미안해? 숙부들은 최선을 다했어. 애당초 배신을 한 놈들이 나쁜 거지."

단우린이 어느새 가까이 다가와 있는 공손유 등을 노려보며 말했다.

"당신들에게 유감은 없어요. 다만 너무도 거대한 존재가 있다는 것을 알게 되는 바람에 어쩔 수가 없군요."

공손유의 시선이 단우린의 등에 업혀 있는 단우 노야에게 향했다.

눈조차 뜨지 못한 채 축 늘어진, 어린아이처럼 작은 몸짓의 단우 노야에게선 그 어떤 힘도 두려움도 느껴지지 않았지만 그를 바라보는 공손유의 눈엔 경계의 빛이 여전했다.

그만큼 단우 노야가 보여준 압도적인 존재감은 그녀의 뇌리에 완전히 각인된 상태였다.

"당신들이 원하는 것은 사부의 목숨이 아닌가? 부탁이니 이 아이는 보내다오."

안궁이 떨리는 음성으로 말했다.

"숙부!"

단우린이 불같이 화를 냈지만 안궁의 시선은 공손유에게 고정된 채 움직이지 않았다.

"야수궁과 맺은 밀약엔 생존자는 없어요. 그들은 이번 일에 자신들이 개입되었다는 것을 알리고 싶지 않다더군요."

안궁의 눈동자가 묵첩파에 대한 분노로 이글거릴 때 공손유가 차분히 말을 이었다.

"하지만 우리의 생각은 달라요. 지금 당장은 몰라도 어차피 우리와 산외산은 공존할 수가 없지요. 그때를 위해서라도 한두 명의 생존자는 필요하다는 생각이에요."

안궁은 그녀가 말하는 의미를 바로 이해했다.

"때가 되면 야수궁이 오늘 한 짓을 알리겠다는 것이군."

"그래요. 물론 그들 역시 계속 의심은 하겠지만 단순히 의심하는 것과 확실한 증인이 살아 있는 것과는 차원이 다른 문제지요."

"우리를 무시하지 마라. 산외산이 너희의 간계에 넘어갈 만큼 한심하진 않다."

안궁의 외침에 공손유는 피식 웃음을 터뜨렸다.

"간계일 것도 없어요. 의심을 풀어주는 것뿐이니까. 배신한 야수궁을 품든 아니면 내치든 결정은 당신들이 알아서 하겠지요. 우린 그저 지켜볼 뿐이고요. 벌써부터 궁금하군요. 과연 배신자를 먼저 칠 것인지 아니면 일단 묻어두고 우리를 상대할지 말이지요."

"당신들의 뜻대로는 되지 않아!"

차갑게 외친 단우린이 안궁이 떨군 검을 꽉 움켜잡았다.

"린아."

안궁이 당황하여 단우린을 불렀다.

"숙부도 헛소리는 그만해. 어떤 상황이든 비참한 건 변하지 않잖아. 이리저리 이용을 당할 바에야 차라리 끝까지 싸우다 죽겠어."

검을 치켜세우는 단우린의 태도는 단호했다.

"목숨을 가볍게 생각하지 마라. 그리고 아버지를 생각……."

단우린을 말리려던 안궁의 음성이 갑자기 멈췄다.

거칠게 흔들리는 눈동자.

안궁의 반응에 의아함을 느낀 이들의 고개가 안궁의 시선을 따라 움직였다.

공손유의 얼굴에서 순식간에 웃음기가 사라졌다.

죽은 듯 누워 있던 단우 노야가 언제부터인지 눈을 뜨고 있었던 것이다.

"내… 려다오."

단우 노야가 깨어난 것을 전혀 눈치채지 못하고 있던 단우린은 갑작스레 들려온 음성에 깜짝 놀랐다.

"하, 할아버지."

"내려다오."

조금 전보다 더욱 뚜렷해진 음성이었다.

단우린은 서둘러 단우 노야와 자신을 고정했던 천을 풀었다.

정신을 차리기는 했어도 단우 노야의 부상은 여전히 생사를 걱정해야 할 정도로 위중했다. 서 있는 것은 고사하고 제대로 앉아 있을 수도 없었다.

단우린의 품에 기대서 겨우 상체를 세운 단우 노야가 힘겹게 주변을 둘러보았다.

자신을 따르던 제자 중 남아 있는 사람은 아무도 없었다.

오직 자신만큼이나 위태로워 보이는 안궁과 단우린만이 남아 있을 뿐이었다.

"나머지 녀석들은?"

단우 노야가 안궁에게 물었다.

"추격… 자들을 막기 위해 뒤에 처졌습니다. 석 사형은……."

안궁이 이미 숨이 끊어진 석파행에게 고개를 돌리며 말끝을 흐렸다.

단우 노야의 무심한 시선이 석파행의 시신에 잠시 머물다 움직였다.

단우 노야와 시선을 부딪친 공손유가 자신도 모르게 흠 칫거렸다.

"그러니까 노부를 잡기 위해 루외루가 배신을 했단 말이 로구나."

단우 노야의 부드러운 음성에 이를 꽉 깨문 공손유가 빈 정거리듯 말했다.

"배신은 노야의 제자가 먼저 했지요. 애당초 그쪽에서 먼저 제안이 왔으니까."

"그놈 욕심이라면 그럴 만도 하지. 멍청한 놈이야. 그런 다고 손에 쥐지도 못할 권력이거늘. 제 놈 사형들이 어떤 인물인지 너무 몰라."

"상관은 없어요. 그가 권력을 쥐든 그렇지 못하든 우리 와는 별개의 문제니까요. 다만 우리는 노야에게 관심이 있 을 뿐입니다."

공손유의 살기 어리는 눈빛을 본 단우 노야가 너털웃음 을 흘렸다.

"허허! 영광이라고 해야 하느냐? 천하의 루외루가 폐인 이 되어 오늘내일하는 늙은이를 두려워한다니 말이다."

"아니요. 노야는 그럴 만한 자격이 있습니다."

공손유가 정색을 하며 말하자 단우 노야도 웃음을 지웠 다.

"그래서, 노부를 죽일 수 있다고 자신하느냐?"

"이전이라면 어림도 없겠지만 지금이라면 가능성이 높다고 여겨지네요."

"그럴 만도 하겠지. 노부의 부상을 감안했을 때 손가락만으로도 눌러 죽일 수 있을 테니까. 그렇다고 이대로 죽어줄 수는 없는 노릇이고."

"미련을 버리세요. 하면 편히 보내 드리지요."

"글쎄다. 그건 두고 보자꾸나."

의미심장한 웃음을 보인 단우 노야가 팔을 들어 안타까움에 떨고 있는 단우린의 어깨를 가볍게 두드렸다.

"잘했다. 할애비의 말을 제대로 따라주었구나."

"예? 아, 예."

단우 노야의 말에 의문을 표하던 단우린이 이내 고개를 끄덕였다.

진유검과의 대결 이후, 사경을 헤매던 단우 노야는 딱한 번, 극히 짧은 시간 동안 정신을 차린 적이 있었다.

단우 노야는 단우린에게 한 가지 부탁을 하고 이내 정신을 잃었는데 단우린은 의아함 속에서도 그의 부탁을 들어주었다.

그 부탁의 결과가 그녀의 어깨 위에서 반짝거리고 있었다.

"모두 가늠해 보거라. 노부의 생사를."

차갑게 웃은 단우 노야가 단우린의 어깨에 올렸던 팔을 자신의 심장으로 돌렸다.

새벽의 빛을 받아 은은히 빛나던 묵빛 수갑, 천마수가 단우 노야의 심장을 거칠게 파고들었다.

66장

부활(復活)

 “으악!”

 공손후가 외마디 비명을 내지르며 벌떡 일어났다.

 목이 타는지 벌컥벌컥 물을 들이켰다.

 창백한 얼굴하며 이마에 식은땀이 송골송골 맺힌 것이
꽤나 지독한 악몽(惡夢)에 시달린 듯했다.

 걱정하는 부인을 달래고 침소를 빠져나온 공손후가 비
상 단주 환종을 불렀다.

 시비가 막 우려낸 감잎차를 찻잔에 따를 즈음 연락을 받
은 환종이 허겁지겁 달려왔다.

침소에서 바로 온 것인지 머리카락은 괴상하게 뻗쳤고 옷매무새 역시 꽤나 흐트러져 있었다.

　"찾으셨습니까, 루주님?"

　"앉아."

　환종이 자리에 앉자 시비가 그의 찻잔에 차를 채웠다.

　"들어."

　"예, 루주님."

　공손히 대답을 한 환종이 조심스레 차를 들이켰다.

　아직 날도 밝지 않은 새벽에 어째서 자신을 부른 것인지 불안한 기색이 역력한 모습이었다.

　"별다른 연락은 없었나?"

　"예? 아, 예."

　반문을 하려던 환종이 질문의 의도를 바로 눈치채곤 황급히 찻잔을 내려놓았다.

　"지난밤에 공격을 한다는 전갈 이후엔 아직 도착한 소식은 없습니다."

　"그랬군."

　공손후가 실망한 표정으로 찻잔을 들었다.

　"걱정이 되십니까?"

　"글쎄, 걱정이라기보다는……."

　공손후는 밤새 악몽을 꾸었다는 얘기를 차마 하지 못하

곤 고개를 저었다.

"너무 걱정하지 마십시오. 야수궁의 제의로 시작된 일이니 별다른 문제는 없을 것입니다."

"그게 함정이라면? 아무래도 괜히 허락을 한 듯싶어. 단우 노야라는 자가 아무리 능력이 뛰어나다고 해도 이미 폐인이 되었고 설사 다시 몸을 회복한다고 해도 과거와 같은 무위를 지닐 수 없을 텐데 말이야."

"그에 대한 논의는……."

"알아. 이미 끝났다는 것을. 그리고 유아의 판단을 존중해 주기로 했지. 어차피 막기도 늦었고."

쓰게 웃은 공손후가 다시금 찻잔을 비웠다.

감잎차로는 악몽의 여파가 가시지 않는 듯 시비에게 술상을 차리라 명한 공손후가 연거푸 몇 잔의 술을 들이켜고 물었다.

"지금쯤이면 이미 끝났겠지?"

"계획대로라면 그렇습니다. 어쩌면 큰아가씨께서 보낸 전서구가 이곳을 향해 날아오고 있을 수도 있습니다."

환종이 애써 밝은 목소리로 말했다.

"만약 날아오지 않는다면 뭔가 큰일이 생겼다는 것을 의미하는 것이고?"

환종은 등에 식은땀이 흐르는 것을 의식하며 단호히 고

개를 저었다.

"그럴 일은 없을 것이니 심려치 마십시오."

환종의 장담에도 공손후는 굳어진 표정을 풀지 못했다.

환종은 모른다. 자신이 밤새 어떤 꿈을 꾸었는지.

평생 그렇게 지독한 악몽은 경험해 보지 못했다.

죽었는지 살았는지 확인도 하지 못할 정도로 참혹하게 변한 공손유와 그런 공손유를 안고 피눈물을 흘리는 공손은의 모습.

그녀들을 보호하던 수하들의 시신은 아무렇게나 널려 있었고 그들이 흘린 피가 강이 되어 흐르는 끔찍한 광경이 끊임없이 반복되었다.

"꿈… 은 반대라던 말이 있지 아마."

공손후가 조용히 말했다.

"그, 그렇습니다."

뜬금없는 말에 환종도 얼떨결에 고개를 끄덕였다.

"그 말이 맞기를 지금처럼 간절히 원한 적이 없다."

공손후의 간절한 음성을 들은 환종의 몸이 그대로 굳었다.

공손후가 어째서 그토록 불안해했는지 비로소 이해를 한 것이다.

부모와 자식 사이엔 눈에 보이지 않고 말로는 설명할 수 없는 뭔가가 연결되어 있는 법.

환종은 이전과는 비교도 되지 않을 불안감에 몸을 떨었다.

*   *   *

천마수가 단우 노야의 심장을 취하는 순간, 천마수는 엄청난 속도로 단우 노야의 정혈을 흡수했다.

병색이 완연했던 단우 노야는 눈 깜짝할 사이에 뼈만 남은 채 앙상한 나무토막처럼 변해 버렸다.

"하, 할아버지!"

경악을 금치 못하고 있던 단우린이 단우 노야를 안아 들려고 하자 거의 기다시피 다가온 안궁이 온 힘을 다해 그녀의 팔을 낚아챘다.

"기, 기다려. 뭔가 이상하다."

"무슨 소리를 하는 거야! 할아버지가 지금……."

울부짖던 단우린의 말이 갑자기 끊겼다.

단우 노야의 가슴에 박혀 있던 천마수가 서서히 빠져나오며 눈이 부실 정도로 환한 광채가 뿜어져 나왔기 때문이었다.

죽은 듯 누워 있던 단우 노야의 몸이 조금씩 움직이고

나무토막처럼 변해 있던 그의 몸에 생기가 돌기 시작했다.

천마수가 뚫고 들어간 가슴의 상처는 이미 흔적도 없이 사라졌다.

무엇보다 놀라운 것은 진유검에 당한 단전의 상처마저 서서히 복구가 되고 있다는 것이었다.

단순히 상처가 회복되는 것인지 아니면 단전이 파괴되며 흩어진 내력까지 회복되는 것인지는 확인할 수 없었으나 상처가 아문다는 것 자체가 기적이었다.

"이런 말도 안 되는……."

단우 노야의 변화를 바로 옆에서 지켜보는 안궁의 눈은 불신으로 가득했다. 더불어 얼굴 가득 놀라움과 곤혹스러움으로 물들었다.

상식적으로 생각했을 때 천마수가 가슴을 뚫고 들어간 순간 단우 노야는 숨이 끊어져야 했다. 자연의 섭리를 거스를 수 없는 인간으로서 당연한 일이었다.

한데 있을 수 없는 일이 일어났다.

가슴팍에 남았던 상처는 흔적도 없이 사라졌고 단전의 상처마저 회복되기 시작했다.

나무토막처럼 말라 버렸던 몸 또한 평소와 다름없이 돌아왔다.

문제는 눈앞에서 벌어진 이 모든 괴사가 과거 십대마병

으로 악명이 높았던 천마수로부터 시작되었다는 것이다.

수많은 이가 천마수에 정신을 빼앗겨 미쳐 날뛰었다는 이야기는 익히 알려진 사실이 아니던가. 단우 노야 또한 어찌 변할지 장담할 수가 없었다.

안궁의 우려를 증명이라도 하듯 천천히 몸을 일으킨 단우 노야의 눈빛은 평소 바다처럼 무한히 깊고 투명했던 눈빛이 아니었다.

흰자위 하나 없이 온통 묵빛으로 변해 버린 눈에선 묵광이 뿜어져 나오고 전신에선 감당키 힘든 마기가 휘몰아쳤다.

느릿느릿 주변을 돌아보던 단우 노야의 입에서 쇠 긁는 소리가 흘러나왔다.

"누… 구냐, 나는?"

인간의 목소리라고 하기엔 너무도 괴이한 단우 노야의 음성에 그 누구도 대답하지 못할 때 오직 단우린만이 눈물과 웃음이 범벅이 된 얼굴로 소리쳤다.

"괜찮으세요, 할아버지? 할아버지!"

단우 노야의 고개가 단우린에게 향했다.

안궁이 긴장된 눈빛으로 단우 노야를 살폈다.

그가 보기에 단우 노야는 분명 정상이 아니었다. 혹여나 단우린에게 해를 끼칠까 입이 타들어갔다.

"저예요. 저 린아예요."

단우린의 반가운 마음과는 달리 단우 노야에게서 뿜어져 나오는 마기는 시간이 갈수록 한층 더 강렬해졌다.

전혀 흔들림 없는 단우 노야의 반응을 보건대 스스로는 물론이고 단우린의 존재 또한 기억에 없는 듯 보였다.

"할아… 버지."

그제야 단우 노야의 분위기가 예전과는 전혀 다름을 인식하게 된 단우린의 표정이 처참하게 일그러졌다.

사슴 같은 두 눈엔 이미 눈물이 잔뜩 고여 있었다.

단우 노야가 단우린을 향해 손을 뻗었다.

그 어떤 살기도 느껴지지 않았지만 단우 노야의 손이 도착하는 순간, 단우린의 숨이 끊어지리라는 것을 모두가 느끼고 있었다.

"사부님!"

멍하니 서 있는 단우린과는 달리 안궁은 필사적이었다.

금방이라도 숨이 끊어져도 이상하지 않을 부상에 양다리마저 부러졌음에도 어디서 그런 힘이 났는지 단우린을 낚아채 옆으로 굴렀다.

단우 노야는 별다른 서두름 없이 안궁과 단우린을 향해 걸음을 옮겼다.

바로 그때였다.

기회만을 엿보던 고운의 검기가 단우 노야의 등에 작렬했다.

꽝!

둔탁한 충돌 음과 함께 단우 노야의 작은 몸뚱이가 고꾸라지듯 앞으로 굴렀다.

고운이 얼마나 강한지 알고 있던 루외루의 무인들은 단우 노야의 죽음을 확신했다.

그럴듯한 부활과는 달리 너무도 싱겁게 당해 버린 단우 노야를 보며 허탈한 웃음마저 흘릴 지경이었다.

한데 정작 공격을 날린 고운의 안색은 좋지 못했다.

완벽한 공격이라 생각했지만 놀랍게도 상대의 기세는 조금도 사그라들지 않았다. 아니, 오히려 공격을 받을 때보다 한층 더 강렬해졌다.

본능적인 위기감과 불안감에 사로잡힌 고운이 대기 중인 수하들에게 신호를 보냈다.

신호가 끝나기도 전, 튕기듯 일어난 단우 노야가 고운을 향해 무시무시한 속도로 달려들었다.

"위험해!"

공손유가 기겁하며 소리를 쳤다.

자신의 공격이 실패했음을 느끼고 있던 고운은 이미 침착히 반격을 준비하고 있었다.

마기에 사로잡힌 단우 노야는 아무런 무기도 들지 않았고 화려한 몸놀림도 없었다. 그저 괴성을 질러대며 돌진할 뿐이었다.

"꺼져랏!"

고운이 무작정 달려드는 단우 노야를 향해 전력을 다해 검을 휘둘렀다.

깡!

천마수에 부딪친 고운의 검이 허무하게 튕겨져 나갔다.

화들짝 놀란 고운이 황급히 몸을 날리며 거푸 검을 휘둘렀다.

날카로운 검기가 단우 노야의 전신을 매섭게 강타하는 듯했으나 단우 노야를 휘감고 있는 마기에 의해 신기루처럼 사라져 버렸다.

자신의 실력으론 단우 노야를 전진을 막을 수 없다고 판단한 고운은 즉시 몸을 돌렸다.

바로 그때, 단우 노야의 신형이 길게 늘어지는 것 같더니 순식간에 고운의 가슴을 파고들고, 고운의 위기를 확인한 공손유가 황급히 날린 검이 단우 노야의 옆구리로 짓쳐들었다.

어지간한 공격 따위야 간단히 튕겨 버릴 수 있는 마기가 온몸을 휘감고 있었으나 공손유가 던진 공격은 그 마기마저 뚫어낼 수 있을 정도로 강력했다.

"끄아아아아!"

깊숙이 박힌 검 때문인지 단우 노야의 입에서 짐승의 울부짖음이 터져 나왔다.

그럴수록 고운의 심장을 노리는 천마수의 움직임은 더욱 집요해졌다.

"커흑!"

결국 단우 노야의 움직임을 떨쳐 내지 못한 고운의 입에서 외마디 비명이 터져 나왔다.

"고운!"

찢어지는 듯한 공손유의 외침을 환청처럼 들으며 고운의 고개가 힘없이 꺾였다.

"어, 어찌해야 합니까?"

전장에서 얼마 떨어지지 않은 곳.

납작 몸을 엎드린 채 기회를 엿보고 있던 유마대주 사마착이 경악 어린 표정으로 물었다.

"모르겠다. 이런 상황은 전혀 예상치 못한 것이라서."

혈류전마 역시 당황스런 얼굴로 고개를 저었다.

눈 깜짝할 사이에 고운을 제거하고 공손유마저 매섭게 몰아붙이고 있는 단우 노야의 모습에 무척이나 큰 충격을 받은 듯 보였다.

"믿을 수 없는 일입니다. 단전이 파괴되었음에도 어찌 저런 실력을 발휘할 수 있단 말입니까? 게다가 아무리 봐도 온전한 정신도 아닌 것 같습니다."

임소한이 단우 노야의 움직임에 시선을 떼지 못한 채 말했다. 검을 쥔 손에는 어느새 땀이 흥건했다.

"일전에 풍 동생에게 들은 적이 있어요. 수호령주께서 의협진가를 공격한 루외루의 고수로부터 천마수를 회수하실 때 지금과 같은 일이 벌어졌다고 했지요. 천마수의 마기에 사로잡힌 적을 제압하느라 꽤나 고생을 했다고."

여우희가 말했다.

"노부도 들은 것 같네. 당시 진 공자가 쓰러뜨린 자가 원래 실력보다 몇 배나 강력한 모습을 보여줬다고 했지. 그런 의미로 무척이나 걱정이 되는군. 마기에 사로잡힌 저자의 능력을 생각하면……."

얼마 전 진유검과 혈전을 벌이던 단우 노야의 모습을 떠올린 혈륜전마는 자신도 모르게 몸을 부르르 떨었다.

생각하기도 싫은, 상상만으로도 끔찍한 그림이 그려졌다.

"그래도 예상외로 잘 버티는군요. 저만한 고수를 배출하다니 역시 대단한 곳입니다, 루외루는."

임소한은 천마수의 마기에 잠식당한 단우 노야와 당당히 맞서 싸우고 있는 공손유를 보며 진심으로 감탄을 했다.

실력만 놓고 보자면 천강십이좌 중 최강이라 할 수 있는 항정을 훌쩍 뛰어넘을 것 같았다.

"확실히 그렇군."

혈륜전마가 동의를 표했다.

"그런데 조금 이상한 것 같아요."

여우희가 고개를 갸웃거리자 임소한이 반문했다.

"뭐가?"

"움직임이 영 어색해요. 마치 머리와 몸이 따로 노는 듯한 느낌도 들고. 무식하긴 했어도 처음의 저돌적인 모습이 훨씬 더 위협적이었단 생각이 들어요."

"마기에 사로잡혀서 그런 것 아닐까? 점점 마물이 되어 가는 모양이지."

"그럴… 까요?"

살짝 고개를 끄덕이며 수긍하는 모습을 보이긴 했으나 표정을 보니 영 개운치 않은 듯했다.

"그래도 시간문제일 것 같네. 움직임이야 다소 느려졌다고 해도 단우 노야의 마기는 점점 강해지는 반면에 상대의 기운은… 그렇다고 제대로 도움을 줄 만한 사람이 남아 있는 것 같지도 않고."

혈륜전마는 공손유를 도와 단우 노야를 공격하다가 순식간에 목숨을 잃은 노인들을 떠올리며 한숨을 내쉬었다.

"저기, 조력자가 오는 것 같네요."

우측 후방에서 나타난 일단의 무리를 보며 여우희가 눈을 반짝거렸다.

혈륜전마와 임소한의 시선이 여우희의 손가락을 따라 움직였다.

때마침 힘차게 도약하는 한 사내의 모습이 그들 눈에 잡혔다.

마참에 이어 하도해의 목숨까지 취한 청송이었다.

꽝! 꽝! 꽝!

청송의 검에서 뿜어져 나온 검기가 단우 노야의 몸에 연속적으로 작렬했다.

처음 몇 번의 공격은 단우 노야의 주변을 에워싸고 있는 마기에 의해 가로막혔지만 청송에 이어 등장한 공손은의 공격까지 연이어 이어지자 단우 노야의 자그만 체구가 거세게 흔들렸다.

기회를 놓치지 않고 단우 노야의 품을 파고든 공손유가 전력을 다해 혈뢰경천수를 시전했다.

혈뢰진, 혈뢰풍, 혈뢰멸로 이어지는 최강의 초식들이 단우 노야의 전신을 두들겼다.

혈뢰진과 혈뢰풍으로 강력하게 반발하는 호신강기를 힘겹게 뚫어내고 혈뢰멸로 치명적인 타격을 안기자 그토록 단단했던 단우 노야의 몸이 처참하게 뭉개지기 시작했다.

팔이 부러져 덜렁거리고 가슴뼈가 부러지며 움푹 함몰되었다.

청송의 검이 다시금 훑고 지나간 아랫배 쪽에선 내장마저 흘러나오는 것처럼 보였다.

단우 노야가 고통인지 아니면 분노인지 모를 괴성을 질러대며 비틀거렸다.

듣는 것만으로도 모골이 송연해지고 전신에 소름이 돋을 정도로 끔찍한 괴성을 토해낸 단우 노야의 고개가 천천히 꺾였다.

현저하게 느려지는 단우 노야의 움직임을 보며 두려움 가득한 눈으로 싸움을 지켜보던 이들의 얼굴에 비로소 안도의 빛이 흘렀다.

하지만 천마수의 끔찍한 마력을 경험한 공손유는 긴장을 늦추지 않고 최후의 일격을 준비했다.

청송과 공손은 또한 주저 없이 검을 움직였다.

공손유가 시전한 천뢰멸강수와 청송, 공손은의 검이 단우 노야의 몸에 작렬하려는 찰나 죽은 듯 움직임을 멈추고 있던 단우 노야의 몸이 신기루처럼 사라졌다.

꽈꽈꽝!

허무하게 허공을 가른 세 사람의 공격이 단우 노야가 있던 자리를 초토화시켰다.

"마, 말도 안 돼!"

마기에 사로잡힌 단우 노야를, 그렇다고 적인 공손유를 응원할 수도 없었기에 단우린의 품에 안겨 참담한 표정으로 싸움을 지켜보던 안궁의 두 눈이 휘둥그레졌다.

절체절명의 순간 단우 노야가 사용한 무공을 오직 그만이 알아본 것이다.

섬환비(閃幻飛).

단우 노야가 지닌 궁극의 보법이었다.

물론 그를 비롯해 대부분의 사형제가 익히고는 있지만 감히 섬환비란 이름을 붙일 정도의 성취를 이룬 사람은 아무도 없었다.

사형제들 중 경공술에 압도적인 성취를 보여주었던 오사형마저도 고작 칠성 수준에 그쳤을 정도로 난해한 보법이 바로 섬환비였다.

하지만 지금 안궁이 놀라는 이유는 금방이라도 숨이 끊어질 것처럼 보였던 단우 노야가 궁극의 섬환비를 펼치며 위기를 벗어난 것 때문은 아니었다.

천마수를 심장에 박아 넣고 기적적으로 회복한 단우 노야는 그가 알고 있는 단우 노야가 아니라 그저 천마수의 마기에 사로잡힌 마인에 불과할 뿐이었다.

공손유를 거칠게 몰아붙이고 그녀를 돕던 노고수 몇 명에게 죽음을 선사했지만 그건 금강불괴에 이른 몸뚱이와 주변을 잠식하고 있는 마기 덕분이지 순수한 단우 노야의 실력이 아니었다. 애당초 단우 노야의 실력이라면 지금까지 싸움이 이어질 리도 없었다.

그런데 막 펼쳐진 섬환비는 그렇지 않았다. 오롯이 단우 노야의, 오직 단우 노야만이 펼칠 수 있는 궁극의 보법인 것이다.

이것은 실로 중대한 의미를 지닌 일이었다.

'변했다.'

공손유는 오 장 정도 떨어진 곳에서 우두커니 서 있는 단우 노야의 모습을 보며 온몸에 소름이 돋았다.

육체적으론 여전히 강력했어도 고운의 죽음 이후, 뭔가 모르게 엉성했던 단우 노야가 변했다.

방금 보여준 움직임도 그렇지만 무엇보다 차분히 가라앉은 눈동자가 그의 변모를 증명하고 있었다.

여전히 무시무시한 마기를 뿜어내고는 있었지만 이지(理智)를 잃었을 때와는 달리 온전한 정신 상태를 찾은 것 같왔다.

그것을 증명이라도 하듯 굳게 닫혔던 단우 노야의 입이
열렸다.

"제법이군."

여유로움이 느껴졌던 예전과는 달리 감정이 전혀 느껴
지지 않고 무미건조했다. 그래도 쇠 긁는 듯한 괴성을 내
뱉었던 조금 전과는 전혀 다른 음성이었다.

공손유와 청송, 공손유의 합공에 당한 부상도 빠르게 치
료되고 있었다.

부러진 팔은 물론이고 함몰된 가슴도 대부분 정상으로
돌아온 상태였고 내장이 쏟아질 만큼 쩍 갈라진 아랫배에
서도 더 이상 피가 보이지 않았다. 도저히 인간의 몸으로
지닐 수 없는 회복력이었다.

"하, 할아버지!"

마물처럼 변했던 단우 노야가 정신을 되찾자 단우린이
기쁨에 찬 눈물을 흘리며 달려왔다.

단우 노야가 단우린과 그녀에게 거의 안기다시피 한 안
궁을 무심히 바라보았다.

"다행이에요. 정말 다행이에요, 할아버지."

"운이 좋았다."

단우 노야가 짧게 대답했다.

"처, 천마수의 마기를 이겨내신 겁니까, 사부님?"

안궁이 격동에 찬 음성으로 물었다.

"아직 이겨냈다고 하긴 좀 그렇구나. 굳이 이겨야 할 필요도 없는 것 같고."

"예?"

감정이 전혀 느껴지지 않는 눈빛과 차갑기 그지없는 대답에 뭔가 이상함을 느낄 찰나 천마수가 안궁의 가슴을 파고들었다.

"컥!"

외마디 비명과 함께 안궁의 몸이 뭍으로 끌어 올려진 물고기마냥 펄떡댔다.

천마수로 안궁의 심장을 움켜쥔 단우 노야가 지그시 눈을 감자 미친 듯이 퍼덕이던 안궁의 움직임이 서서히 멈추더니 목내이처럼 빠르게 말라갔다.

잠시 후, 안궁의 몸이 완전히 말라비틀어지자 단우 노야가 만족한 표정으로 눈을 떴다.

먼지 털듯 안궁의 시신을 던져 버린 단우 노야의 차가운 눈빛이 너무도 놀란 나머지 양손으로 입을 가린 채 멍하니 서 있는 단우린에게 향했다.

"아직 부족하구나. 많이 부족해."

단우 노야의 손이 단우린에게 향했다.

"네가 이 할애비를 도와줘야겠다."

돌변한 단우 노야의 행동과 안궁의 죽음에 의한 충격 때문인지 단우린은 그저 벌벌 떨기만 할 뿐 아무런 행동도 하지 못했다.

"복수는 해주마."

적반하장 격인 말을 내뱉은 단우 노야의 손이 단우린의 심장을 파고들 찰나였다.

"늙은이가 욕심은. 주책 부리지 말고 그냥 뒈져랏!"

어디선가 찰진 욕설이 들려오고 욕이 끝나기도 전에 단우 노야를 향해 한 자루 창이 날아들었다.

단우 노야가 귀찮다는 듯 손을 휘젓자 기세 좋게 날아오던 창이 힘없이 튕겨져 나갔다.

바로 그 순간, 일진광풍이 주변에 휘몰아쳤다.

단우 노야의 손이 휘몰아치는 일진광풍을 향해 움직였다.

조금 전, 공손유가 사용했던 혈뢰경천수 이상의 위력을 지닌 장력이 사방을 휩쓸었다.

단우 노야가 뿌린 장력에 의해 주변에 몰아치던 광풍이 순식간에 사라졌을 때 놀랍게도 절체절명의 위기에 빠졌던 단우린도 사라졌다.

도대체 어떤 일이 벌어진 것인지 아무도 눈치채지 못하

는 상황에서 안궁에 이어 핏줄인 단우린의 목숨을 취하려 했던 단우 노야만이 노한 눈길로 바람의 흔적을 좇았다.

바람의 흔적이 향하는 곳에는 혈륜전마와 임소한 등이 황당하다는 표정을 짓고 있었다.

단우 노야가 그들을 노려보고 있기 때문이 아니었다.

그들의 반응은 귓가에 스며드는 음성의 주인으로 인한 것이었다.

"쳐 죽일 늙은이 같으니! 더럽게 아프네!"

허공에 흩날리는 피, 바람결에 실린 욕설만 남긴 채 목소리의 주인은 이미 하나의 점으로 화해 사라지고 있었다.

"저 녀석이 어째서 여기에……."

혈륜전마는 바람처럼 나타나서 단우린을 데리고 사라진 괴인의 정체를 확인하곤 허탈한 표정을 지었다.

"풍 아우 맞지요?"

여우희가 놀란 눈을 크게 뜨며 물었다.

"그 친구가 아니면 천하에 누가 있어 저런 괴물 같은 영감의 손에서 단우 소저를 구할까. 정말 몇 번을 보아도 적응이 되지 않는 속도야."

임소한은 가히 섬전과도 같은 전풍의 속도에 감탄을 금치 못했다.

"그런데 괜찮을지 모르겠네요. 아직 몸도 성치 않을 텐데 저리 무리를 해서."

여우희가 점점이 뿌려진 핏자국을 의식하며 말했다.

"움직일 만하니까 나선 것이겠지. 어쩌면 령주께선 이런 상황을 예측했을지도 모르겠군."

"그러네요. 일전에 천마수를 회수할 때 비슷한 일을 겪으셨다고 하니까요. 마기에 사로잡혔든 어쨌든 단우 노야가 무공을 회복했을 때 령주께서 직접 나서지 않는 한 단우 소저를 구할 수 있는 사람은 풍 아우가 유일할 테니까요."

"그렇지. 한번 실력이 발휘되면 저 속도만큼은 령주님도 따라잡지 못할 정도니까."

전풍이 백보운제를 사용하여 적들을 유린하는 것을 몇 번이나 지켜본 임소한은 여우희의 말에 전적으로 동의했다.

그들이 전풍의 등장을 놓고 대화를 나누는 동안 전장의 상황은 다시금 급변했다.

단우린이라는 좋은 먹잇감(?)을 놓친 단우 노야의 분노가 심각하게 퇴각을 고려하고 있는 루외루로 향한 것이다.

공손유는 수하들을 동원하려는 공손은과 청송을 막고 오히려 그들에게 퇴각을 명령한 후, 홀로 남아 직접 단우 노야를 상대하려 했다.

공손유의 명령에 불복한 청송과 공손은이 곧바로 그녀에게 합류하자 다른 루외루의 무인들 역시 단 한 명도 전장을 이탈하지 않았다.

몇 번이나 퇴각하라 명을 내렸음에도 꿈쩍도 하지 않는 수하들을 보며 공손유는 마음을 다잡았다.

단우 노야의 기세를 보건대 퇴각을 한다고 해도 곱게 보내줄 생각이 없는 듯했다.

어차피 상황이 그렇다면 전력을 다해 아예 끝장을 보는 것도 나쁘지 않으리란 판단이 들었다. 가능성이 얼마가 될지 판단하기 불가능했지만.

루외루의 무인들이 공손유의 명에 따라 일제히 공격을 감행했다.

애당초 단우 노야를 제거하기 위해 고르고 고른 자들이라 하나같이 무예들이 출중한 데다가 공손유와 청송의 완벽한 지휘 덕에 많은 이가 한꺼번에 공격을 함에도 서로 동선이 겹치거나 움직임을 방해하는 행동이 거의 나오지 않았다.

납작 엎드려 싸움을 지켜보는 혈륜전마 일행은 수십 명의 인원이 마치 한 사람처럼 일사불란하게 움직이는 것을 보며 연신 탄성을 터뜨렸다.

그런 루외루의 공격을 오연한 자세로 지켜보던 단우 노

야가 천마수를 착용한 손을 슬쩍 움직였다.

천마수에서 뿜어져 나온 묵빛 강기가 사방으로 퍼져 나갔다.

꽈꽈꽈꽝!

단우 노야가 발출한 묵빛 강기와 루외루 무인들의 합공이 한데 뒤엉키며 지축을 흔드는 떨림과 엄청난 굉음이 천지를 뒤흔들었다.

춤을 추듯 치솟는 흙먼지 속에서 온갖 비명과 신음이 터져 나왔다.

대부분이 단우 노야를 공격했던 루외루 무인들의 것으로 단 한 번의 충돌로 삼분지 일에 가까운 인원이 목숨을 잃거나 치명적인 부상을 당하고 말았다.

하지만 그것이 끝이 아니었다.

흙먼지를 뚫고 나온 묵빛 강기가 루외루의 무인들을 노리며 짓쳐 들었다.

방금 전보다 한층 더 강력해진 위력에 공손유는 피가 나도록 입술을 깨물며 죽을힘을 다해 혈뢰경천수를 펼쳤다. 어깨를 나란히 한 공손은도 혈룡진천검으로 단우 노야를 공격했다.

초식을 제대로 펼쳐 보기도 전, 외마디 비명과 함께 공손은의 몸이 휘청거렸다.

들고 있던 검이 힘없이 튕겨져 나가고 손아귀는 형편없이 찢어져 피가 줄줄 흘렀다.

공손유가 순간적으로 공손은을 밀쳐 내듯 후려쳤다.

아무런 대비도 없던 공손은의 신형이 삼 장여를 날아가 처박혔다.

워낙 다급한 상황이었기에 공손유는 손속에 힘을 빼지 못했고 땅에 처박힌 공손은은 상당한 부상을 당하고 말았다.

그것만으로도 만족이었다.

만약 공손유의 움직임이 조금만 늦었더라면 공손은은 단우 노야가 발출한 강기에 치명적인 타격을 입었을 것이고 여전히 사위를 뒤덮고 있는 흙먼지를 뚫고 나타난 천마수에 가슴이 꿰뚫리고 말았을 것이다.

"청송!"

공손유의 외침에 그렇잖아도 공손은의 부상에 기겁하여 달려온 청송이 곧바로 대답했다.

"예, 큰아가씨."

"은아를 부탁해."

부탁의 의미를 깨달은 청송의 얼굴이 딱딱하게 굳었다.

"차라리 모두 퇴각을……."

"그러고 싶어도 그럴 수 없다는 것을 알잖아. 그렇게 놔

둘 사람도 아니고."

자신을 향해 접근하는 단우 노야를 필사적으로 막아서다 너무도 허무하게 도륙당하고 있는 수하들을 보며 공손유는 가슴 한편이 차갑게 식고 있음을 느꼈다.

"모두가 살 수는 없어. 그래도 몇 명은 살릴 수 있겠지."

수하들을 도륙하고 순식간에 접근하는 단우 노야를 보는 공손유의 표정에 비장감이 어렸다.

"제가 막겠습니다. 큰아가씨께서……."

청송이 단호히 고개를 저었지만 공손유는 반응조차 하지 않았다.

어느새 코앞까지 접근한 단우 노야에게 시선을 고정한 채 조용히 말했다.

"루외루를 위해서라도 저 아이는 이곳에서 죽으면 안돼. 마지막 명… 아니, 부탁이야. 은아를 데리고 퇴각해."

유언과도 같은 말을 남긴 공손유가 혼절한 공손은을 애틋하게 바라보다 미련 없이 몸을 돌렸다.

뭐라 입을 열려던 청송은 때마침 나지막이 신음을 내뱉는 공손은을 보며 극도로 갈등했다.

짧은 시간, 몇 번을 망설이던 청송은 결국 공손은을 안아 들고 죽을힘을 다해 내달리기 시작했다.

이미 결심을 굳힌 이상 공손유와의 마지막 인사 따위는

사치나 다름없었다.

"사, 살려……."

땅바닥을 힘겹게 기며 손을 뻗는 수하의 모습에 공손유는 가슴이 찢어지는 아픔을 느꼈다.

머리 위로 그림자가 드리우는가 싶더니 단우 노야의 발이 수하의 머리를 그대로 찍어 눌렀다.

수박 터지듯 터진 수하의 머리에서 피와 허연 뇌수가 사방으로 흩어졌다.

공손유의 눈동자가 파르르 떨렸다.

끔찍하게 목숨을 잃은 수하의 모습에서 잠시 후, 자신의 최후가 투영됐기 때문이었다.

온몸이 떨려왔다.

지금껏 의식하지 못하고 있던 고통이 동시다발적으로 밀려들었다.

청송에게 공손은을 맡기고 몸을 돌리는 순간, 삶에 대한 미련을 버렸다고 여겼는데 그것이 아닌 모양이었다.

죽음에 대한 공포는 여전히 무겁게 전신을 짓눌렀다.

문득 발에 차이는 검 하나를 집어 들었다.

비릿한 혈향이 코를 찔렀다.

정확히 누구인지는 알 수 없었지만 아마도 수하들 중 하나의 것이리라.

주변을 둘러보았다.

청송과 공손은을 따라 퇴각한 극소수의 인원을 제외하곤 살아남은 사람이 오직 자신뿐이었다.

이제 곧 먼저 간 수하들을 만나게 될 터. 비겁한 모습을 보일 수는 없었다.

마음을 다잡자 떨림이 멈췄다.

잔뜩 위축되던 몸도 조금은 부드러워졌다.

무엇보다 청송과 공손은을 위해서라도 가만히 앉아서 죽음을 맞이할 수는 없었다.

역천혈사공을 운용하며 몸에 남은 마지막 한 줌의 진기까지 쥐어짜 치켜세운 검에 집중시켰다.

꽈꽈꽈꽝!

공손유의 모든 힘이 담긴 최후의 일격이 할 테면 해보라는 듯 오만한 자세로 서 있는 단우 노야에게 작렬했다.

"끝났군."

공손유가 최후의 공격을 감행하는 순간, 혈류전마는 이미 결정이 났다는 듯 고개를 저었다. 심각한 표정으로 싸움을 지켜보는 임소한과 여우희는 그의 말에 반론을 제기하지 않았다.

"사마착."

혈륜전마가 유마대주를 불렀다.

"예, 태상원로님."

"퇴각한다. 바로 움직여."

"아, 알겠습니다."

혹시나 하는 마음에 가슴을 졸이고 있던 사마착이 밝은 얼굴로 대답했다.

폐인이 되었던 단우 노야가 어떻게 부활을 하고 루외루의 무인들을 도살하는지 두 눈으로 똑똑히 확인한 사마착은 행여나 공격 명령이 떨어지진 않을까 잔뜩 긴장한 상태였다.

명이 있으면 당연히 따라야 하는 것이지만 그 결과가 뻔히 보였기에 공격 명령이 아닌 퇴각 명령이 떨어지기를 빌고 또 빌었다.

"이대로 물러나는 것입니까?"

임소한이 물었다.

"아니면? 저자와 대적이라도 하겠다는 건가?"

"서, 설마요."

임소한은 혈륜전마의 반문에 마치 입안에 가시가 돋은 듯한 표정을 지으며 황급히 고개를 저었다.

"어차피 우리의 목적은 저자가 아니지 않나. 단우 소저가 무사히 구출된 마당에 여기에 남아 있을 이유가 없지.

괜히 머뭇거리다 싸움이 끝나면 우리가 목표가 될 수도 있네."

"빨리 움직여야겠군요."

평소의 진중한 모습과는 전혀 다른 임소한의 재빠른 반응에 여우희의 입가에 미소가 지어졌다.

제법 오랜 시간 동안 임소한을 보아왔지만 지금처럼 나약한 모습을 본 적이 없었기 때문이었다.

그 순간, 외마디 비명이 들려왔다.

세 사람의 시선이 약속이라도 한 듯 전장으로 향했다.

찢어질 듯 부릅뜬 눈, 쩍 벌어진 입, 아름다운 얼굴이 고통으로 일그러졌다.

손에 들었던 검은 이미 흔적도 없이 사라졌다.

양손으로 가슴팍을 파고드는 천마수를 움켜잡았지만 한줌의 진기도 남아 있지 않은 지금, 느릿느릿 전진하는 천마수의 움직임을 막기에 그녀는 너무 가녀렸다.

"크으흑!"

툭툭 터져 피가 흐르는 입술 사이로 날카로운 비명이 터져 나오며 공손유의 몸이 퍼덕거렸다.

천마수를 잡고 있던 손은 이미 축 늘어졌고 고통을 이기지 못하고 치켜뜬 눈에선 검은 눈동자가 보이지 않았다.

공손유의 반응과는 상관없이 그녀의 가슴에 천마수를 박은 단우 노야는 만족한 미소를 지으며 눈을 감았다.

공손유의 심장을 움켜쥔 천마수에서 묵빛 광채가 흘러나오기 시작했다.

고운과 안궁의 심장을 취할 때와 비슷한 현상이었다.

빛이 강해질수록 천마수에게 정혈을 흡수당한 공손유의 몸은 급격하게 말라갔다.

안타까운 것은 고운, 안궁과는 달리 그녀는 온몸의 진기를 빼앗길 때까지 숨이 끊어지지 않았다는 것이다.

"크하하하하!"

원했던 것을 모두 취했다는 만족감에 광소를 터뜨린 단우 노야가 앙상한 나뭇가지처럼 변한 공손유의 몸을 그대로 던져 버렸다.

힘없이 허공을 가르는 공손유의 몸.

'아버… 지…….'

희미해져 가는 의식 속에서 공손후의 얼굴을 떠올리며 짓던 슬픈 미소는 그녀의 몸이 땅바닥에 무참히 처박히면서 끝이 나고 말았다.

전장에 울려 퍼지던 광소가 잦아들고 오연한 자세로 주변을 돌아보던 단우 노야의 몸이 갑자기 휘청거렸다.

고통스런 표정으로 머리를 감싸 쥐며 주저앉은 단우 노

야는 한참의 시간이 흐른 뒤에야 겨우 몸을 일으키더니 땀으로 범벅이 된 얼굴로 천마수를 노려보았다.

"지독한 놈. 아무래도 시간이 조금 더 걸리겠어."

조용히 중얼거린 단우 노야가 때마침 떠오른 아침 햇살을 등지고 천천히 걸음을 옮겼다.

67장

불구대천(不俱戴天)

"이, 이런 병신 같은 놈들!"

극도로 치미는 분노를 참지 못하고 묵첨파가 들고 있던 술잔을 집어 던졌다.

얼굴을 가격한 술잔이 산산조각이 나며 흩어지고 술로 범벅이 된 이마에서 피가 주르륵 흘러내렸지만 일액은 미동도 하지 않았다.

미친 듯이 소리를 지르며 발광을 하다 결국 혼절을 한 묵첨파는 미리 대기하고 있던 의원이 다급히 침을 놓으며 수선을 떤 후에야 겨우 눈을 떴다.

"말해봐. 이제 어찌해야 하는지."

힘겹게 숨을 몰아쉰 묵첩파가 떨리는 목소리로 물었다.

묵첩파가 혼절한 사이 얼굴에 묻은 술과 피를 닦아낸 일액이 차분한 어조로 입을 열었다.

"길은 세 가지입니다."

"세, 세 가지나?"

절대적 궁지에 몰렸다고 여기고 있던 묵첩파가 반색하며 되물었다.

"그렇습니다."

"어, 어서 말해봐. 어서!"

묵첩파가 침을 회수하고 있던 의원을 후려치며 소리쳤다.

"첫째는 무조건 잘못을 인정하고 노야께 벌을 청하는 것입니다."

순간, 그렇잖아도 좋지 않았던 묵첩파의 얼굴이 썩은 감자처럼 변했다.

"그걸 지금 말이라고! 사부의 성격에 용서해 줄 것 같아? 그 자리에서 목이 달아날 거다. 지금까지의 경험으로 봤을 때 사부에게 자비나 아량 따위는 존재하지 않는다."

"이번에 벌어진 일은 혼수상태에 빠지신 궁주님이 아니라 제가 꾸민 것입니다."

"네가 모든 잘못을 떠안고 죽겠다?"

"그렇습니다."

"고마운 말이긴 하지만 그 말에 속을 위인이 아니야. 설사 속는다고 하더라도 끝까지 책임을 물을 거다."

"그래도 야수궁의 힘을 원한다면 가능성이 있지 않겠습니까?"

"의미 없다. 다음 방책은?"

묵첩파는 생각할 것도 없다는 듯 손을 내저었다.

"루외루와 손을 잡는 것입니다."

묵첩파의 얼굴이 다시금 일그러졌다.

"루외… 루와?"

"예, 거사가 실패한 이상 우리의 배신은 감출 수가 없게 되었습니다. 노야는 둘째 치고 궁주님의 사형제들이 목숨을 잃은 이상 산주께서 그대로 계시진 않을 겁니다."

"대사형 따위는 두렵지 않아. 오직 사부만이 내게 두려움을 줄 수 있지. 빌어먹을! 제대로 기회를 잡았다고 생각했는데 걸려도 아주 더럽게 걸렸어. 천마수라는 별 거지 같은 물건 때문에 목이 날아가게 생겼군."

일액은 투덜대는 묵첩파와는 상관없이 말을 이어갔다.

"현재 노야와 대적할 수 있는 사람은 수호령주와 아직 실력이 드러나지 않은 루외루의 루주뿐이란 생각입니다.

게다가 루외루의 전력 또한 능히 산외산과 맞설 만합니다. 야수궁이 합류를 하면 가능성은 더 높아지겠지요."

"그러니까 루외루의 그늘에서 목숨을 부지하자?"

"그렇습니다."

잠시 침묵하던 묵첩파가 입을 열었다.

"충분히 가능한 얘기지만 몇 가지 의구심이 있다."

"무엇입니까?"

"첫째, 루외루의 루주가 사부를 감당할 수 있을지 회의적이다. 둘째, 루외루가 순순히 우리를……."

여전히 심각한 부상에 시달리고 있는 묵첩파는 육체적으로는 물론이고 정신적으로도 힘이 드는지 한참 동안이나 말을 멈추고 호흡을 가다듬은 뒤에야 다시 말을 이었다.

"루… 외루가 순순히 우리를 받아줄 리가 없다고 본다. 셋째, 설사 받아준다고 해도 아마도 우린 놈들의 화살받이로 쓰이다 버려질 가능성이 높겠지."

"손바닥으로 하늘을 가리는 격이긴 했지만 그래도 함께 거사를 도모했던 자들입니다. 또한 이번 일로 루외루 역시 엄청난 피해를 입었으니 당연히 본궁의 전력을 탐내리라 봅니다. 화살받이 문제는……."

순간적으로 말이 막힌 일액이 이맛살을 찌푸리자 묵첩

파가 씁쓸히 웃다 고통이 밀려드는지 가슴을 부여잡았다.

"봐라. 네놈도 안 된다는 것을 아는 거다."

"……."

"세 가지 길이라고 했지? 마지막은 뭐냐?"

"지금 즉시 우리의 고향으로 돌아가는 것입니다."

"퇴각하자는 말이냐?"

"예."

"고향으로 도망친다고 사부가 가만있을 것 같지는 않은데?"

"그렇다고 당장 우리를 치려고 올 수도 없습니다. 루외루와의 일을 해결해야 할 것이고 무엇보다 수호령주가 버티고 있습니다. 노야를 죽음 직전까지 이르게 한 인물이 여전히 건재한 상황에서 사사로운 복수를 할 시간이나 여력은 없을 것입니다."

"수호령주라. 흠, 확실히 일리가 있는 말이다. 크크크! 그런 개망신을 당했으니 사부의 성격상 반드시 복수하려고 할 테고."

크크거리며 웃음을 흘리던 묵첩파는 이내 밀려오는 고통에 인상을 잔뜩 구기며 말했다.

"하지만 피해만 잔뜩 입고 그냥 퇴각하는 것도 모양새가 너무 좋지 않다는 말이지. 차라리……."

잠시 멈칫하던 묵첩파가 일액을 힐끗 바라보며 넌지시 물었다.

"수호령주에게 손을 내밀면 어떨까?"

"불가합니다."

일액은 일말의 여지도 없이 단호히 고개를 저었다.

"어째… 서?"

"잊으셨습니까? 그의 가장 친한 친구가 천마신교의 교주입니다. 우리가 천마신교와 어떤 관계인지 잠시만 생각해 보신다면 노야 못지않게 위험한 인물이 바로 수호령주임을 아실 겁니다. 설사 그가 용인을 한다고 해도 정파 나부랭이들이 우리를 받아줄 리가 없습니다."

"음, 그도 그렇군."

정파 나부랭이라는 말이 나오기가 무섭게 묵첩파는 곧바로 미련을 버렸다.

그때, 문이 열리며 일액의 수하가 조심스레 들어왔다.

묵첩파를 향해 예를 차린 그가 일액을 향해 말했다.

"준비가 끝났습니다, 군사님."

"알았다. 바로 이동하라 전해라."

"알겠습니다."

명을 받은 사내가 물러나자 묵첩파가 의혹 어린 눈빛으로 일액을 바라보았다.

"이동이라니? 무슨 말이냐?"

"궁주님께서 혼절해 계신 동안 제가 퇴각 명령을 내렸습니다."

"퇴각이라니? 아직 어찌할지 결정을 내리지 않았다."

묵첩파는 자신의 명령 없이 함부로 퇴각 결정을 내린 일액을 향해 살기를 드러냈다.

가볍게 한숨을 내쉰 일액이 말했다.

"전장에서 사라진 노야의 흔적을 놓쳤습니다. 언제, 어디서 다시 나타날지 아무도 모르는 상황입니다. 설마하니 이곳에서 노야를 기다리실 생각이신지요?"

"……."

"퇴각 명령, 철회합니까?"

묵첩파는 멍한 얼굴로 대답하지 못했다.

*   *   *

"풍 동생은 괜찮은 건가요? 다시 부상을 당한 것 같던데요. 단우 소저도 그렇고."

여우희가 의자에 앉기도 전에 걱정스런 얼굴로 물었다.

"조금 무리를 하기는 했지만 괜찮을 겁니다. 단우 소저역시 큰 부상 없이 안정을 취하고 있으니 걱정하지 않아도 될 겁니다."

진유검의 대답에 혈륜전마가 입을 열었다.

"정말 다행이었습니다. 전풍이 아니었다면 단우 소저는 틀림없이 목숨을 잃었을 것입니다. 부끄러운 얘기지만 당시 상황에서 아무도 움직일 생각을 못 했으니까요. 한데 어째서 녀석이 그 급박한 순간을 정확히 맞춰 전장에 나타난 것인지 지금도 이해를 못 하겠습니다."

"이 녀석의 촉이 제대로 발휘된 것이지."

독고무가 가볍게 웃으며 어깨를 툭 치자 진유검이 약간은 민망한 표정을 지으며 말을 했다.

"여러분이 단우 소저 일행을 구하기 위해 떠난 뒤, 과거 천마수를 얻을 때 벌어졌던 일이 떠올랐습니다. 단우 노야가 당시와 똑같은 일을 행할지도 모른다는 생각을 했지요. 물론 그때처럼 천마수의 마력이 발휘될지 확신은 하지 못했지만 만에 하나 그런 일이 벌어진다면……."

"우리만으론 감당하지 못한다고 여기신 거군요."

임소한의 말에 진유검은 무겁게 고개를 끄덕였다.

"예, 당시 겪었던 천마수의 마력은 정말로 대단했습니다. 한데 그 마력의 주인이 단우 노야라면 상상도 하기 싫군요."

"진 공자께서 예상하신 그대로입니다. 정말 끔찍했지요."

혈륜전마의 입에서 절로 한숨이 흘러나왔다.

"궁금하니까 자세히 설명을 해봐. 풍이 놈에게 대충 듣기는 했지만 그 늙은이가 미쳐 날뛰는 것만 들었지 전반적인 상황이 어찌 돌아간 것인지는 알지 못해."

독고무의 말에 장탄식을 터뜨린 혈륜전마가 그들이 전장에 도착해서 퇴각할 때까지 목격한 사실을 차분히 설명하기 시작했다.

설명은 제법 길었지만 다들 숨도 제대로 쉬지 못한 채 집중하여 설명을 들었다.

"…퇴각을 결정했을 때 루외루의 수장으로 보이는 계집의 가슴이 꿰뚫렸습니다. 아마도 마지막 공격을 감행한 직후였을 겁니다. 어린 계집이 정말 대단했지요. 괴물이 된 단우 노야를 상대로 그토록 오래 버텼으니까요."

"퇴각이 조금만 늦었어도 다음 목표는 우리가 되었을 겁니다."

임소한이 몸을 으스스 떨며 덧붙였다.

"아무튼 대단한 늙은이다. 천마수의 마기를 잠재우고 자신의 것으로 만들다니."

독고무가 혀를 내두르자 진유검이 고개를 갸웃거리며 말했다.

"제아무리 단우 노야라 하더라도 천마수의 마기에서 그

렇게 쉽게 벗어날 수 있을 것 같지는 않은데. 모르겠다. 직접 눈으로 보지 못해서 뭐라 판단하기가 애매해."

"정상적으로 말과 행동을 한다잖아."

"그렇긴 한데 정상으로 돌아왔으면 굳이 상대의 정혈을 취할 이유가 없잖아. 그냥 죽이면 되는 거지. 더구나 그 상대를 생각해 봐. 제자는 물론이고 피붙이인 단우 소저의 목숨까지 빼앗으려고 했다. 정상이라면 그럴 수가 없어."

"흠, 그도 그러네. 그렇다는 건 결국 천마수의 영향력에서 완전히 벗어나지 못했거나 벗어났다고 해도 일단은 정상적인 몸 상태는 아니라는 것이겠고."

"물론 그 또한 추측이지만."

"아무튼 결과적으론 우리가 바란 대로 산외산과 루외루가 돌아올 수 없는 강을 건너게 되었는데 이거 영 찝찝하다. 원래는 단우 소저를 통해서 사건의 전모가 밝혀졌어야 하는데 하필 그 늙은이가 부활하면서 그리되어 버렸으니 말이야."

"최악이지."

진유검이 한숨을 내쉬며 고개를 끄덕였다.

"저놈들은 어찌 될까?"

독고무가 물었다.

"누구?"

"야수궁 놈들 말이야."

"단우 노야를 배신했으니 그만한 대가를 치르겠지. 여차하면 루외루 쪽으로 붙을 수도 있겠고."

"루외루로?"

독고무가 놀란 눈을 치켜떴다.

"상식적으로 그렇잖아. 단우 노야가 정상적으로 회복하고 복수를 원한다며 야수궁은 감당할 수가 없어. 그들 역시 그것을 알고 있을 것이고. 살길을 도모하기 위해서라면 루외루의 힘에 기대는 방법뿐이겠지. 단우 노야와, 아니, 산외산과 맞설 수 있는 가능성이 그나마 있다면 루외루뿐이니까."

진유검의 말에 일리가 있다고 여긴 듯 모두의 고개가 끄덕여졌다.

"일전에 말씀하신 것처럼 그럼에도 불구하고 산외산과 루외루가 여전히 손을 잡을 가능성은 없는 것일까요? 야수궁이야 논외로 친다고 해도 루외루는 어차피 적이었잖아요. 약한 모습을 보이면 언제라도 서로의 목에 칼을 들이밀 수도 있음을 알고 손을 잡은 관계니 다시 또 잡는다고 해도 이상할 것은 없을 같은데요."

여우희의 말에 임소한은 다소 부정적인 표정을 지었다.

"단우 노야가 목숨을 잃었다면 그리되었을 가능성이 높

았겠지만 단우 노야가 부활한 이상 과연 그렇게 될 수 있을까? 난 불가능하다고 보는데."

"단우 노야가 진 공자님께 패퇴했다는 것을 감안했을 때 무황성과 본 교를 우선적으로 처리하기 위해서라도 동맹을 유지할 가능성도 있다고 보네."

여우희의 의견에 힘을 보탠 혈륜전마가 사방에서 빗발치는 수하들의 보고를 듣기 위해 뒤늦게 자리에 도착한 마뇌에게 물었다.

"자넨 어찌 생각하나?"

"모든 가능성을 배제할 수는 없겠지만 루외루의 의중이 어떨지 정말 궁금해. 지금 들어온 보고에 의하면 쉽게 동맹을 이어갈 상황이 아니야."

"동맹을 이어갈 상황이 아니라니. 피해가 크기는 했어도 산외산의 수장을 제거하려 했으니 어차피 그 정도는 감수해야 할 상황일 텐데. 대체 어떤 보고가 있었기에 그러나?"

혈륜전마가 이해하기 힘들다는 표정으로 다시 물었다.

마뇌가 좌중을 둘러보며 착 가라앉은 음성으로 말했다.

"마지막에 죽은 어린 계집이 루외루의 차기 후계자라더군. 현 루주의 딸이기도 하고."

혈륜전마는 마뇌의 말이 끝나기가 무섭게 고개를 저었다.

"결정됐군. 아끼는 자식을 잃은 부모만큼 무모하고 무서운 존재는 없는 법이니까."

누구 한 사람도 혈륜전마의 말에 반박을 하지 못했다.

*   *   *

"마, 맙소사! 어, 어떻게 이런 일이……."

환종은 대지급으로 올라온 보고서를 꽉 움켜쥔 채 손을 덜덜 떨었다.

혹시나 하는 마음에 벌써 몇 번이나 읽고 또 읽었지만 절망스럽게도 내용은 변하지 않았다.

"이 일을 어찌해야 한단 말이냐!"

힘없이 보고서를 내려놓으며 머리를 감싸 쥔 환종은 공손후에게 보고할 일을 생각하니 눈앞이 캄캄해졌다.

한참 만에 정신을 수습한 환종이 수하에게 물었다.

"루주께선 지금 어디에 계시지?"

"회의실로 가신 것으로 압니다."

"회의… 실?"

"정기 원로회의입니다. 단주님도 참석을……."

"아, 그렇… 군."

보고서의 충격적인 내용으로 인해 원로회의에 참석해야

한다는 것도 잊고 있었던 환종이 벌떡 일어났다. 그러곤 비틀거리는 걸음걸이로 회의실을 향해 걷기 시작했다.

영원히 도착하지 않았으면 하는 간절한 염원에도 불구하고 금방 회의실 앞에 도착한 환종은 심호흡을 하며 마음을 가다듬었다.

회의실 안에서 간간히 들려오는 웃음소리는 이제 곧 슬픔과 비통함, 분노의 노호성으로 바뀔 것이다.

회의실 문을 열고 들어서자 십여 쌍의 눈동자가 그에게 쏠렸다.

"늦었군."

"어린 녀석이 어른들을 기다리게 하다니."

"쯧쯧, 루외루의 정보를 관장하는 자가 이렇게 시간개념이 없어서야."

농담조의 질책이 쏟아졌지만 환종은 아무런 대꾸도 하지 못했다.

오직 상석에 앉아서 자신을 바라보고 있는 공손후를 향해 걸을 뿐이었다.

새벽녘에 꾼 악몽으로 인해 신경을 바짝 곤두세우며 공손유에게 연락이 오기만을 기다리고 있던 공손후는 환종의 표정에서 이미 불길한 예감을 느끼고 있었다.

"연락이 온 모양이군."

공손후의 음성이 살짝 떨렸다.

"그, 그렇습니다."

"예상보다 늦은 연락이라면 좋지 않은 소식… 인가?"

"……."

두 사람의 대화가 심상치 않다고 여겼는지 회의실의 분위기가 급격히 얼어붙었다.

"연락이라면… 유아에게선 온 것이냐?"

공손무가 긴장된 눈빛으로 물었다.

"예."

"네 표정을 보니 실패한 모양이구나."

"예."

"실패할 가능성은 거의 없었다. 가능성이 있다면 야수궁의 배반뿐. 야수궁이 배반을 한 것이냐?"

"아닙니다."

환종이 자세한 설명 대신 단답식으로 대답하자 공손무 곁에 앉아 있던 조유유가 버럭 화를 냈다.

"예예거리지 말고 제대로 설명을 해라. 어찌 실패를 한 것이냐?"

"그것이……."

환종이 여전히 머뭇거리자 이명의 눈빛도 매서워졌다.

"정신 차려라, 환종! 똑바로 설명하지 못해!"

거듭되는 호통에 공손후의 눈치를 슬쩍 살핀 환종이 더 없이 처연한 목소리로 입을 열기 시작했다.

"야수궁의 적절한 협조로 모든 계획은 순조롭게 진행되었다고 했습니다. 다만 단우 노야의 제자들이 먼저 눈치를 채고 도주를 했다고⋯⋯."

"놓친 것이냐?"

조유유가 참지 못하고 물었다.

"조용히 하게. 설명을 계속해라."

공손후의 표정이 심상치 않다는 것을 의식한 공손무가 조유유의 팔을 툭 치며 말했다.

"야수궁과 함께 추격은 제대로 되었다고 합니다. 단우 노야를 보호하던 그의 제자들 역시 순조롭게 제거를 하였고요. 다만 단우 노야라는 자가 문제였습니다."

"수호령주에게 당해 폐인이 되었다고 하지 않았느냐?"

단우 노야라는 이름에 조유유가 공손무의 만류에도 참지 못하고 물었다.

이명의 말도 이어졌다.

"이상하군. 이번 계획이 그를 제거하는 것이긴 해도 모든 변수에서 그의 존재는 논외였을 터인데."

환종이 대답을 하기도 전, 미간을 찌푸리며 생각에 잠겼던 공손무가 뭔가를 떠올린 것인지 심각한 표정으로 물었다.

"혹 천마수와 연관이 있느냐?"

환종이 두 눈을 휘둥그레 뜨며 되물었다.

"그, 그걸 어찌 아셨습니까?"

환종의 반문에 자리에서 벌떡 일어난 공손무가 소리쳤다.

"유, 유아는 어찌 되었느냐? 유아는!"

공손무는 천마수와 연관이 있다는 말에 이미 모든 상황을 눈치챈 듯싶었다.

"앉으세요, 당숙."

무표정한 얼굴로 공손무를 제지한 공손후가 환종과 원로들을 향해 조용히, 그러나 더없이 진중한 음성으로 당부했다.

"환종은 설명을 계속해라. 설명이 끝나기 전까지 질문은 허락하지 않겠습니다."

약간은 무례하다고 할 수 있는, 평소와는 전혀 다른 공손후의 모습에 원로들은 침이 바싹 마른다는 느낌을 받았다.

그만큼 상황이 좋지 못함을 직감한 것이다.

"모든 사건의 시작은 단우 노야가 천마수를 자신의 심장에 박아 넣는 것으로부터였습니다. 일전에 공손설악 공자도 천마수의 마기를 이용해 수호령주와 대적한 적이 있듯이 단우 노야 역시 그런 방법을 생각한 것 같습니다. 그리고 안타깝게도 단우 노야의 의도는 정확히 적중했습니다. 천마수의 마기에 사로잡힌 그는 이성을 잃고 닥치는 대로 살육을 시작했고 놈을 제거하기 위해 선발된 최정예들이 그의 마수를 피하지 못했으며 대다수가 목숨을 잃었다고 합니다. 목숨을 잃은 사람들 중엔……."

환종은 차마 말을 잇지 못하고 공손후의 눈치를 살폈다.

"계속… 해라."

공손후가 설명을 재촉했다.

태연한 듯 말했지만 평정심을 유지하기 위해 노력하는 모습이 역력했다.

"단우 노야에게 큰아가… 씨와 호위무사인 고운 공자가 목… 숨을 잃었… 습니다."

힘겹게 말을 이은 환종은 마치 자신이 죄라도 지은 듯 고개를 떨구고 말았다.

꽝!

"다시 지껄여 봐라. 누가 어찌 돼?"

자리를 박차고 일어난 이명이 엄청난 살기를 뿌리며 물었다. 여차하면 살수라도 뿌릴 기세였다.

"워, 원… 로님."

환종은 자신의 온몸을 옥죄는 살기에 제대로 된 호흡을
하지 못하고 고통스러워했다.

보다 못한 조유유가 살기를 해소하며 환종을 구해낸 뒤
물었다.

"유아와 고운이 당했다는 말이냐?"

"그, 그렇습니다."

환종이 시뻘게진 얼굴로 고개를 끄덕였다..

"그런 상황이 되도록 경천검혼을 무엇을 하고?"

"야수궁 놈들의 이목을 끄는 역할을……."

"빌어먹을! 병력을 나눈다는 말을 들었을 때부터 영 찜
찜했어."

조유유가 탁자를 후려치며 분통을 터뜨렸다.

"진정하게나. 자네도 앉고."

공손규가 처연한 음성으로 손짓하며 조유유와 이명을
진정시켰다.

"둘째에 대한 얘기는 없었다. 그 아이가 연락을 해온 것
이냐?"

공손규가 떨리는 음성으로 물었다.

"그렇습니다. 둘째 아가씨와 호위무사 청송 공자는 무사
히 놈의 마수에서 벗어나 경천검혼 어르신과 합류를 하였
습니다."

"음, 이 상황에서 그나마 다행이라 해야 하는 것인가."

공손규는 물론이고 원로들 모두 안도의 한숨을 내쉬었다.

"괜… 찮은가?"

공손규가 앉아 있는 의자의 팔걸이를 꽉 움켜쥐고 있는 공손후를 향해 안타까운 표정으로 물었다.

식은땀을 흘리고 있는 공손후의 손가락은 이미 팔걸이를 파고들었고 이마와 목줄기엔 핏대가 곤두섰다.

"괜찮… 지는 않습니다."

너무도 처연한 미소를 지으며 대답한 공손후가 두 눈을 감았다.

원로들 역시 아무런 말도 없이 그저 침통한 표정으로 그들에게 닥친 비극을 견뎌냈다.

얼마의 시간이 흘렀을까?

굳게 눈을 감았던 공손후가 천천히 눈을 떴다.

핏줄이 터진 것인지 붉게 충혈된 눈가로 한 줄기 핏물이 흘러내렸다.

극심한 마음고생을 보여주듯 그 짧은 사이 검은 머리카락은 반백이 되었고 안색은 보름 정도는 잠을 청하지 못한 사람처럼 초췌하게 변해 버렸다.

"못난 꼴을 보였습니다."

공손후가 공손규와 원로들을 향해 고개를 숙였다.

다른 사람도 아니고 애지중지하던 딸이 목숨을 잃었다.

단순히 의지나 정신력이 강하다고 버텨낼 성질이 아닌 상황에서도 평정심을 회복한 공손후를 보며 원로들은 진심으로 감탄했다.

"너무 애쓰지 말게. 못난 꼴이라니. 누구도 그런 생각을 하는 사람은 없다네."

천천히 손을 뻗은 공손규가 공손후의 손등을 가만히 두드려 주었다.

"잠시 마음을 추스르고 오는 것은 어떤가? 아무래도⋯⋯."

"아닙니다. 대책을 세우는 것이 우선인 듯싶습니다."

"하지만⋯⋯."

"괜찮습니다."

조금은 강한 어조로 공손규의 말을 막은 공손후가 환종을 향해 물었다.

"단우 노야란 자의 움직임은 파악이 되었다더냐?"

"파악하지 못한 것으로 압니다."

"야수궁으로 돌아간 건가?"

"그건 확실히 아닌 것 같습니다. 야수궁도 곧바로 퇴각을 했다고 합니다."

"복수가 두려웠다는 말이겠군. 하면 종적을 완전히 놓쳤
다는 것인데 마기에 사로잡힌 상태니 곧 모습을 드러내긴
하겠군."

공손후의 말이 끝나기가 무섭게 환종은 아차 싶었다.

설명 과정에서 굉장히 중요한 것을 빠뜨렸다는 것을 깨
달은 것이다.

"마, 마기는, 천마수의 마기는 극복한 것 같습니다."

순간, 공손후는 물론이고 자리에 모인 원로들 모두 경악
한 얼굴로 환종을 바라보았다.

"그게 무슨 소리냐? 분명 천마수의 마기에 사로잡혀 살
육을 벌였다고 하지 않았더냐?"

공손규가 언성을 높였다.

"처음엔 그랬습니다만 어느 시점에서 마기를 극복하고
온전한 정신을 차린 듯합니다. 아, 느닷없이 자신을 구하
려던 제자를 죽이고 핏줄마저 죽이려 했다는 것을 보면 완
전히 극복한 것 같지는 않습니다만 마기에 사로잡혔을 때
와는 전혀 달랐다고 했습니다."

"허! 기가 막히는군!"

"괴물도 그런 괴물이 없구나."

"단전이 파괴된 몸으로 그게 가능한 일이란 말인가."

원로들은 도저히 믿기지 않는다는 듯 연신 탄성을 터뜨렸다.

하지만 공손후의 입가엔 오히려 싸늘한 미소가 지어졌다.

"정신을 차렸다니 차라리 잘되었습니다."

"무슨 뜻인가?"

공손규가 약간은 걱정스런 눈빛으로 물었다.

"마물 따위를 죽인다고 제대로 된 복수를 하는 것은 아닐 테니까요. 정신이 온전할 때 비로소 자신이 얼마나 큰 실수를 저지른 것인지 알지 않겠습니까?"

복수를 다짐하는 공손후, 그의 살기 어린 눈을 접한 원로들 가슴 한편에 서늘한 바람이 불었다.

"하면 산외산과의 동맹도 깨지는 것인가?"

공손무의 물음에 이명과 조유유가 발끈하여 소리쳤다.

"당연한 소리!"

"유아가 목숨을 잃을 상황에서 동맹은 무슨 동맹이란 말인가!"

두 사람의 거친 반응에도 아랑곳없이 공손무의 시선은 공손후에게 고정되어 있었다.

공손후가 담담히, 그러나 북풍한설보다 싸늘한 음성으로 말했다.

"부모의 원수를 불구대천(不俱戴天)이라 하던가요? 하나 자식의 원수 또한 불구대천일 것입니다. 어찌 같은 하늘을 보고 살아갈 수 있겠습니까?"

"하면 루주 역시 동맹을 깨야 한다는 것이로군."

당연하다는 표정을 지으면서도 어딘지 모르게 조금은 씁쓸한 공손무의 반응이었다.

"아직은 결정을 내리지 못했습니다. 마음 같아선 지금 당장 숨통을 끊어버리고 싶지만 또 한편으론 본 루의 대업을 위해 일단은 참아야 한다는 생각도 있습니다. 정상에서 추락시키는 것도 통쾌한 복수가 될 테니까요. 아, 확실히 결정한 것도 있긴 하군요. 단우 노야, 그자의 목숨만큼은 제가 직접 거둔다는 것이요."

공손후는 피가 베어나도록 주먹을 꽉 움켜쥐었다.

'걱정이군. 자네가 그자의 목숨을 거둘 수 있는 실력이 있는지 말일세. 그리되기를 간절히 바라네만.'

공손무는 자신도 모르게 한숨을 내쉬었다.

*　　　　*　　　　*

"결국 해냈군."

단우연이 흡족한 표정으로 세외사패의 움직임이 적힌

보고서를 내려놓았다.

"그래도 생각보다는 시간이 너무 지체됐습니다."

"어쩔 수 없지. 근래 들어 확실히 쇠약해졌다고는 해도 소림은 소림이니까. 그런데 겨우 봉문(封門) 수준으로 괜찮은 걸까? 빙마곡의 피해가 제법 만만치 않다고 들었는데."

"관부의 압력이 있었던 것 같습니다. 어차피 당한 만큼 충분히 타격을 입혔고 관부의 압력을 마냥 무시할 수도 없어서 적당한 선에서 용인을 한 것 같습니다."

"관부가 개입을 했다면 어쩔 수 없는 것이겠지. 하지만 우리가 양보를 하는 것은 이번뿐이라는 것을 알아야 할 텐데 말이야."

단우연은 자신들의 앞길을 막는다면 관부라도 용서치 않겠다는 태도를 보였다.

"빙마곡주가 만만한 사람이 아닙니다. 얼마나 용의주도하고 철저한 사람인지 아시잖습니까?"

하공이 약간은 질렸다는 듯한 표정으로 말하자 단우연이 너털웃음을 터뜨렸다.

"알지. 어릴 적 꽤나 많이 당했으니까. 그래도 그때가 좋았지."

단우연의 입가에 쓸쓸한 미소가 지어졌다.

"허구한 날 치고받았어도 나름 돈독한 우애도 쌓았고."

"아닌 놈도 있었습니다."

하공이 인상을 확 구겼다.

"하하하! 묵 사제를 말하는 건가? 하긴 그렇지. 그때부터 속에 구렁이 몇 마리는 품고 있었으니까."

"남들이 다 꿰뚫어 보고 있는 구렁이라는 것이 우스운 것이지요."

"그러니까. 하면 어찌해야 할까? 품어야 할까, 아니면 내쳐야 할까?"

단우연은 웃으며 질문을 했지만 하공은 결코 웃을 수 없었다.

"품을 필요는 없지만 그렇다고 굳이 내칠 필요도 없을 것 같습니다."

"그래도 품는 게 낫지 않을까? 사부를 제거하려다 실패를 했으니 목숨을 부지하기 위해서라도 필사적일 텐데. 충분히 활용이 가능할 것 같고."

"우리가 아니더라도 그 영악한 놈은 이미 자구책을 마련하고 있을 겁니다."

"자구책이라니?"

"지금 그놈은 선택의 여지가 없습니다. 모든 것을 버리고 고향으로 돌아가든지 아니면 사부의 분노를 감당해 줄 수 있는 세력과 손을 잡아야 합니다. 고향으로 도망쳐 봤자 손바닥 안이니 결국 다른 세력의 그늘로 숨어들 것입니다."

"다른 세력이라면… 루외루겠군."

단우연은 큰 고민 없이 야수궁의 움직임을 예측했다.

"예, 태생적으로 무황성과 천마신교와는 원수나 다름없으니까요. 놈의 입장을 훤히 꿰고 있는 루외루 입장에서도 거부할 이유가 없을 것이고요."

"흠, 과연 사부가 어찌 움직일지 궁금하군. 참, 사부의 행방은 아직인가?"

"예, 그날 이후, 야수궁과 루외루는 물론이고 무황성 쪽에서도 필사적으로 쫓는 모양인데 흔적을 찾지 못한 것으로 보입니다."

"하오문 쪽에서도 별다른 얘기 없고?"

"예, 그들 역시 마찬가지였습니다."

하공이 힘없이 고개를 저었다.

단우연의 얼굴에 실망의 기색이 역력했다.

"정말 할 말이 없군. 능력이 좋은 거야, 아니면 운이 좋은 거야?"

"운도 능력이라면 능력이겠지요."

"그렇지? 기가 막힌 일이야. 하필이면 천마수가 왜 그 순간에 사부의 손에 있느냐는 거지. 처음부터 이런 상황을 가정하고 천마수를 빼앗은 것은 아닐 텐데."

"그럴 리가요. 사부 성정에 패배 따위는 생각도 하지 않았을 겁니다."

"맞아. 게다가 천마수가 없어도 흡성대법엔 아주 정통한 사람이 말이지."

단우연이 싸늘한 조소를 날렸다.

"이제 어찌할 생각입니까?"

하공이 조심히 물었다.

"뭐를?"

"폐인이 된 줄 알았던 사부가 무공을 회복했습니다. 천마수의 마기가 문제가 되겠지만 정황상 이미 어느 정도는 극복했다고 볼 수 있을 것이고요."

"그래서?"

"사부가 건재하다면 아무래도 우리의 계획은……."

하공이 단우연의 눈치를 살피며 말끝을 흐렸다.

"어차피 돌아올 수 없는 강을 건넜어. 되돌리기엔 너무 늦었고. 애당초 그럴 생각도 없었지만."

단우연의 음성은 단호했다.

"사부가 건재한 것을 알면 우리를 지지하는 쪽에서도 이탈하는 사람이 생길 수 있습니다."

"그러니까 그 전에 끝내야지."

"예?"

하공이 당황한 듯 크게 눈을 떴다.

"저쪽에서 사부가 무공을 회복했다는 소식을 전해 들었을까?"

"일단 정보는 최대한 차단을 해놓았습니다만 다른 경로를 통해 전해졌을 가능성을 배제할 수는 없습니다."

"그거야 어쩔 수 없는 것이고. 어쨌든 모르고 있을 가능성이 더 크다는 말이잖아."

"예."

잠시 침묵하던 단우연이 무거운 표정으로 말했다.

"어쩌면 처음이자 마지막이 될 수 있는 기회야. 이런 좋은 기회를 놓칠 수는 없잖아."

"하지만 성공한다고 해도 이후의 일을 감당할 수 있겠습니까? 사부의 무력을 생각하면 솔직히 조금은 두렵습니다."

"어차피 사부와는 양립할 수 없어. 그 시간이 조금 빨라진 것뿐."

단우연의 표정이 살벌해졌다.

"나는 보았어. 내 할아버지가, 사부에게 모든 것을 빼앗기고 고목처럼 말라서 처참히 죽어가는 모습을."

"하, 할아버지라면 전전대 산주님이 아닙니까?"

하공이 떨리는 음성으로 물었다.

"맞아."

단우연이 거칠게 술잔을 비우며 말을 이었다.

"할아버지의 죽음은 운공 중 주화입마에 걸리신 것으로 공표되었지만 거짓말이지. 사부는 내가 기억을 하지 못할 것이라 생각하는 모양인데 지금도 당시의 상황이 너무도 생생해. 아직도 가끔은 꿈에 보일 정도니까."

"맙소사!"

하공이 양손으로 머리를 움켜잡았다.

"할아버지가 돌아가시고 아버지가 그 자리를 물려받았지. 난 솔직히 아버지의 죽음에 대해서도 의문을 가지고 있어. 아버지가 돌아가신 후, 사부의 무공이 사실상 완성되었다고 판단하고 있거든."

하공은 놀란 입을 다물지 못했다.

"그리고 근래 들어 대충 짐작하게 되었다. 할아버지가 어째서 그런 일을 당하셨는지."

"내, 내력을 빼앗는 것 말고 다른 이유라도 있었던 겁니까?"

"물론 그것도 이유 중 하나겠지만 가장 중요한 것은 할아버지께서 산외산에 드리워진 사부의 그늘을 지우려고 하셨던 것 같다. 형식적인 것이 아니라 사실상 모든 권력을 쥐려고 하셨던 것이지. 아무리 가문의 큰 어른이라고 해도 직계가 아닌 방계의 혈통인 사부가 산외산과 세외사패를 쥐고 흔들려는 것을 참지 못하신 것 같다."

"그렇… 군요."

하공은 금방 이해를 했다.

지금껏 단우연이 납작 몸을 웅크린 채 기회만을 엿보고 있는 것을 같은 이유라 생각하고 있었으니까. 물론 그 이면에 감춰진 원한은 전혀 예상치 못한 사실이다.

"그리고 이번 일로 확실해졌잖아. 사부는 자신을 위해 목숨을 건 제자의 목숨을 빼앗았어. 심지어 아무것도 모르는 핏줄의 목숨까지 빼앗으려고 했지."

단우 노야의 손에 안궁이 죽고 단우린까지 목숨을 잃을 뻔했다는 사실에 단우연은 화를 참지 못하고 온몸으로 살기를 표출했다.

주변의 모든 집기가 부서지고 벽까지 무너지는 것을 확인한 뒤에야 자신의 실책을 깨닫고 황급히 기세를 거뒀지만 잠깐의 시간 동안 방은 이미 초토화가 된 상태였다.

"결국 사부와 사부를 죽어라 추종하는 놈들과는 함께 갈 수 없다는 말이겠지. 특히 단우종 그놈과는 더욱더."

단우종이란 이름을 언급할 때 단우연의 눈빛은 섬뜩했다.

그가 사부의 직계 후손으로서 근래 들어 사부를 추종하는 무리의 중심이 되어가고 있음을 알고 있던 하공은 단우연의 마음을 충분히 이해했다. 공공연히 단우종을 산외산의 산주로 추대해야 한다는 말까지 돌 정도였으니까.

"알겠습니다, 그럼 예정대로 강행을 하도록 하겠습니다. 일단 우리 쪽 사제들에게 은밀히……."

하공이 조심스레 말을 이어갈 때 단우연으로 인해 그렇잖아도 시원치 않았던 방문이 거칠게 떨어져 나가면 한 사내가 방안으로 뛰어들어 왔다.

"사형!"

그가 사제 추곤임을 확인한 하공이 황급히 물었다.

"무슨 일이야, 무슨 일인데 이리 급해?"

"도, 도망쳤습니다."

하공의 눈동자가 급격하게 커졌다.

"도망? 도망이라니? 누가 도망을 쳤… 설마 그놈들이 도망을 쳤다는 말이야?"

"예, 회합에 참석하기 위해 도착했던 놈들이 갑자기 사라졌습니다."

"단우종은? 그 녀석도 사라진 거냐?"

단우연이 인상을 굳히며 물었다.

"확인하지는 못했습니다만 아마도 그럴 것이라 예측됩니다."

"빌어먹을!"

벌떡 일어난 단우연은 화를 참지 못하고 손을 휘둘렀고 그 바람에 간신히 버티던 벽이 와르르 무너져 내렸다.

"놈들이 눈치를 챈 모양입니다."

하공이 낭패한 표정으로 말했다.

"사부가 무공을 회복했다는 걸, 아니면 우리가 놈들을 쓸어버리려고 했다는 걸?"

단우연의 물음에 하공은 대답하지 못했다.

어차피 지금은 그런 이유 따위가 중요한 것이 아니라 그들이 도망쳤다는 것 자체가 심각한 문제인 것이다.

하란산장에서 동남쪽으로 칠십여 리 떨어진 산속.

열 명 남짓한 인원이 필사적으로 달리고 있었다.

이마에서 땀이 줄줄 흐르고 나뭇가지에 옷이 찢어지고 몸 곳곳에 생채기가 났지만 전혀 아랑곳하지 않는 모습이었다.

얼마를 달렸을까?

선두에 서서 무리를 이끌던 사내, 단우종이 쓰러지듯 바닥에 주저앉았다.

미친 듯이 숨을 내뱉던 단우종이 바로 곁에서 대자로 누워 있는 사내를 향해 말했다.

"사제가 아니었다면 제대로 당할 뻔했다. 대사형과 이 사형이 그런 술수를 꾸미고 있을 줄이야. 정말 상상도 하지 못했어."

"뭘요. 당연한 일이지요."

하공의 오른팔로 누구보다 그의 신임을 받고 있던 송강이 씨익 웃으며 말했다.

"미안하다, 사제. 사부님 문제로 회합을 한다고 해서 아무런 의심을 하지 않은 것이 실수였다."

단우종의 든든한 버팀목을 자처하는 사도참이 미안한 표정으로 고개를 숙였다.

"아니오, 사형. 대사형과 이 사형이 이런 식으로 치고 들어올 줄은 나도 몰랐소. 마음 쓰지 마시오."

"근래 들어 분위기가 요상하다는 것은 느끼고 있었지만 그 어리숙한 대사형이 이렇듯 과감하게 행동할 줄은 예상치 못했다. 아마도 여우 같은 이 사형이 주도를 한 것 같은데……."

"아니, 그건 아닌 것 같소."

단우종이 단호히 고개를 저었다.

"아니라니?"

"일전에 할아버… 아니, 사부께서 내게 이런 말씀을 하셨소. 나는 물론이고 대다수 사형제가 대사형을 잘 모르고 있다고. 그게 정확히 어떤 의미냐고 여쭤보았지만 말씀해 주진 않으셨소. 그저 언젠가 재밌는 일을 보게 될 것이라고만 하셨지. 아마도 사부께선 이런 일을 예측했던 모양이오."

"흠, 그러니까 아무도 모르게 발톱을 감추고 있었다는 말이네. 그 곰 같은 우리 대사형이 말이야."

사도참은 단우연의 진면목을 제대로 간파하지 못한 것이 마음에 들지 않았는지 잔뜩 인상을 썼다.

"한데 다른 사람들은 무사히 빠져나갔는지 모르겠소. 대사형 쪽에서 우리가 하란산장에서 사라진 것을 눈치챘을 텐데 말이오."

"다들 제 몸 하나쯤은 건사할 수 있으니 걱정하지 마. 모두 무사히 약속 장소에 도착할 테니까."

사도참이 자리에서 일어났다.

"중요한 건 사제가 무사히 추격대의 손에서 빠져나가는 거야. 내가 대사형이라도 다른 사람을 쫓지는 않아. 전력을 다해 사제를 쫓지."

단우종이 사도참이 뻗은 손을 잡고 일어났다.

"훗, 설사 쫓아온다고 순순히 잡혀줄 내가 아니오. 발톱을 숨기고 있던 것은 대사형뿐만이 아니니까."

　사형제들을 쓰윽 둘러보는 단우종의 태도는 실로 자신
만만했다.

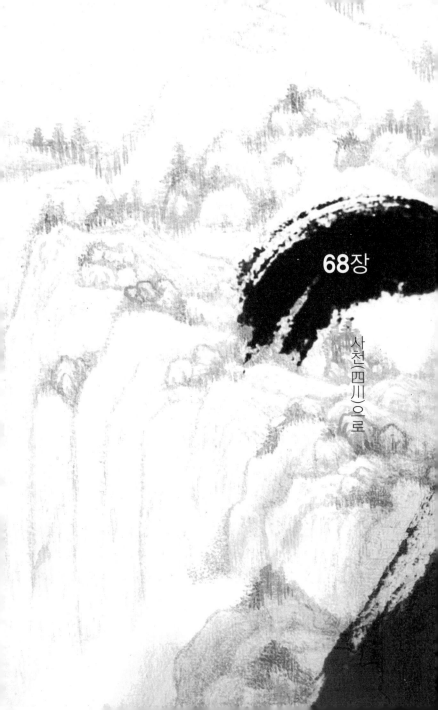

68장

사천(四川)으로

"거참, 귀찮게."

인기척도 없이 방문을 열어젖히며 소리친 전풍이 의자에 앉기가 무섭게 앞에 놓인 술잔을 들었다.

단숨에 술을 들이켠 전풍이 눈을 크게 뜨며 물었다.

"요거 뭔 술이요? 목에서 아주 불이 나네, 불이 나."

전풍은 대답을 듣지도 않고 연거푸 술잔을 들이켰다.

"상강주라던가. 독하긴 하지만 잡내 없이 깔끔한 것이 괜찮은 술이지."

다시금 술잔에 손을 뻗는 전풍의 모습에 혈륜전마도 회

가 동하는지 술잔을 들었다.

"그런데 진 공자님은?"

"금방 오실 거요."

"아직도 심기가 불편하신 것 같더냐?"

사도은이 조심히 물었다.

"뭐, 그런 것 아니겠수. 사랑의 아픔이란 게 다 그런 거지. 본인은 끝까지 아니라고 주장하지만. 크크크!"

전풍이 큭큭거리며 술잔을 입에 가져갔다.

"뭐가 그리 신나는데?"

문이 열리고 약간은 초췌해진 얼굴의 진유검이 들어섰다.

"아, 아무것도 아닙니다."

전풍이 긴장된 표정으로 고개를 흔들었다.

"아니긴 뭐가 아니야? 그렇게 웃어놓고. 뭔데? 말해봐."

"술맛이 하도 오묘해서 그랬습니다."

"술맛이?"

"예, 향도 별로 없는 것이 독하기는 얼마나 독한지 마치 표독한 계집의 성질머리 같다고……."

전풍의 눈짓에 혈륜전마가 얼른 빈 잔을 채웠다.

"상강주라고 합니다. 잘 알려지진 않았지만 인근에선 그래도 제법 유명한 술이라고 하더군요."

술잔을 받아 든 진유검은 미심쩍은 얼굴로 세 사람을 바라보곤 천천히 술을 들이켰다.

"흠."

입안에서는 몰랐는데 술이 목을 타고 넘어가는 순간, 목부터 가슴까지 화끈해지는 것이 전풍의 말대로 독하긴 확실히 독했다.

"상당히 독하군요. 그래도 뒷맛이 참 좋습니다."

술이 입맛에 맞았는지 진유검도 전풍처럼 몇 번이나 술잔을 들었다.

그런 진유검을 의미심장한 눈빛으로 지켜보던 전풍이 은근한 어조로 말했다.

"그러게 술로 아픈 가슴 달래지 마시고 그러니까 지금이라도 쫓아……."

전풍은 갑자기 살벌해지는 진유검의 눈빛을 의식하곤 슬그머니 고개를 돌렸다.

"쓸데없는 소리 하지 말라고 했다. 분.명.히!"

"누가 뭐라 했습니까? 아무튼 형님들하고 누님의 빈자리가 너무 커서 그런가, 자꾸만 독주가 땡기네."

전풍이 실실 웃으며 술잔을 들었다.

"……."

진유검의 입에서 나직이 한숨이 흘러나왔다.

강력하게 경고를 한다고 전풍이 자신의 경고를 제대로
받아들일 것이란 생각은 들지 않았다.

사흘 전, 전풍의 활약 덕분에 단우 노야의 손에서 극적
으로 목숨을 구한 단우린이 천마신교를 떠났다.

그녀가 산외산에 속한 사람이라는 것을, 심지어 단우 노
야와 혈연관계임이 이미 온 천하에 드러난 상황에서 천마
신교에 계속해서 머물 수는 없었을 것이다.

그럼에도 이십여 일이 넘도록 천마신교에 머물렀던 것
은 자신을 구하는 과정에서 부상이 다시 악화된 전풍과 단
우 노야와의 격전으로 큰 부상을 당한 진유검의 치료를 돕
기 위함이었다.

내상과 외상이 모두 심한 전풍이야 그렇다 쳐도 외상보
다는 내상에 큰 타격을 입은 진유검은 사실 도움이 크게
필요한 상황은 아니었으나 단우린은 최선을 다해서 진유
검을 치료했고 진유검 역시 그녀의 도움을 거절하지 않았
다. 그 바람에 진유검은 예상보다 훨씬 빨리 정상적인 몸
을 되찾을 수 있었다.

게다가 단우린이 치료한 사람은 진유검과 전풍만이 아
니었다.

천마신교의 수장으로서 체면상 치료를 거부한 독고무를
제외하고 천마신교의 많은 부상자 역시 그녀의 의술 덕을

톡톡히 보았으니 전풍의 몸이 완쾌된 후, 그녀가 천마신교를 떠나려 할 때 많은 이가 만류한 것도 바로 그런 이유 때문이었다.

'별 탈 없이 가고 있으려나?'

애써 밝은 미소를 지으며 몸을 돌리던 단우린을 떠올리자 괜히 심란해졌다.

눈앞에서 숙부를 잃고 할아버지라 여기며 따랐던 단우노야에게 죽임을 당할 뻔한 단우린.

상상도 할 수 없는 큰 충격을 받은 상황에서 자신의 가문과는 원수지간이라 할 수 있는 천마신교에 머물다 보니 그녀는 치료를 핑계로 거의 붙어 있다시피 한 진유검에게 많은 의지를 했다.

진유검 또한 최대한 배려를 해주면서 짧은 시간임에도 불구하고 두 사람의 관계는 단순히 편한 관계에서 어느 순간, 그 이상의 관계로 조금씩 발전했다.

'어쩌면 전풍의 말이 맞을지도.'

단우린이 떠나고 난 뒤 마음이 한편이 영 허전하고 불안했다.

얼굴을 떠올리면 맥박도 빨라지고 손발이 저려왔다.

사랑까지는 모르겠지만 그녀에게 호감을 느끼고 있음은 확실했다.

너무 늦게 자신의 감정을 눈치챈 아둔함에 쓴웃음만 흘러나왔다.

그런 진유검의 마음을 아는지 모르는지 혈륜전마는 천하의 진유검을 마음껏 농락(?)하는 전풍의 대담함에 혀를 내두르며 물었다.

"사천으론 내일 떠나시는 겁니까?"

혈륜전마 덕분에 혼자만의 상념에서 빠져나온 진유검이 고개를 끄덕였다.

"예."

"하면 세 사람은 어찌하기로 했습니까? 진 공자님과 합류를 하는 것입니까, 아니면 지금처럼 저들 진영에 머물게 되는 것입니까?"

"중간 지점에서 합류하기로 했습니다."

"의외군요. 강남무림 연합군 쪽에서 쉽게 놔주려고 하지 않았을 텐데요. 진 공자께서 부르신 겁니까?"

"그렇진 않습니다. 다만 사천으로 움직인다는 소식을 전하긴 했지요."

"그게 결국 오라는 소립니다."

전풍이 가소롭다는 듯 말했다.

"넌 시끄럽고."

진유검이 말 섞기도 귀찮다는 듯 손짓을 한 뒤 물었다.

"녀석은 여전히 그 상태입니까?"

"예, 최선을 다해 노력하고 계신 듯하나 아직 뚜렷한 성과는 없는 것으로 압니다."

"그렇군요."

기회는 이때라는 듯 사도은이 재빨리 끼어들었다.

"진 공자께서 조언을 좀 해주시면……."

"하하! 심정은 이해하지만 제 조언은 별다른 의미가 없습니다. 일전에 살짝 엿보았지만 천마조사의 심득은 단순한 조언이 통할 정도로 만만하지 않습니다."

"알고 있습니다. 그저 답답한 마음에 이 늙은이가 쓸데없는 말을 하고 말았습니다."

사도은이 한숨을 내쉬자 진유검이 부드러운 미소로 그를 위로했다.

"천마조사의 무공을 누구보다 잘 아는 녀석입니다. 믿고 기다리면 원하던 결과를 얻을 수 있을 것입니다."

"당연히 믿고 있습니다. 다만 돌아가는 상황이 마냥 기다리기만 할 수 없는지라 걱정입니다."

"쯧쯧, 뭐가 그리 걱정입니까? 루외루 놈들은 이미 코빼기도 보이지 않고 야수궁 놈들 역시 꽁지가 빠져라 도망쳤는데요."

전풍이 상강주를 홀짝이며 혀를 찼다.

"네 녀석 생각대로 돌아가지 않으니 문제인 것이지."

전풍에게 핀잔을 주며 술잔을 빼앗은 사도은이 잔을 비우곤 오만상을 찌푸렸다.

평소 부드러운 술을 즐겨 하던 그에게 상강주는 너무도 독했다.

"야수궁과 루외루가 예상대로 결국 이어진 것이군요."

진유검이 조금 굳어진 표정으로 물었다.

"아직 확실하진 않습니다만 어느 정도는 가닥이 잡히고 있는 것 같습니다."

"흠, 군사라는 자가 움직였을 때부터 수상하긴 했습니다."

"예, 예상했던 결과입니다. 단우 노야를 배반한 야수궁으로선 살아남기 위한 최선의 방법일 테니까요."

진유검과 혈륜전마가 동시에 고개를 끄덕였다.

"그럼 뭘 망설입니까? 아예 선수를 치면 되지."

전풍이 거칠게 술잔을 내려놓으며 말했다. 세 사람의 시선이 전풍에게 향했다.

"놈들이 지금 십만대산에 틀어박혀 있다면서요. 그럼 루외루 놈들과 힘을 합치기 전에 쓸어버리면 그만 아닙니까?"

"그게 그리 간단한 문제가 아니다."

혈륜전마가 한심하다는 듯 말했다.

"복잡한 문제도 아니잖습니까. 그렇게 이것 재고 저것 재니까 아무것도 못 하는 거지."

"허허허! 네 말도 옳다. 그래도 지금 아니다. 우리 단독으론 야수궁을 도모할 수 없어."

사도은이 너털웃음을 터뜨리며 고개를 젓자 전풍의 목소리가 높아졌다.

"어휴, 답답하긴! 지난번에 주군한테 윗대가리들이 싸그리 전멸했잖아요. 머리가 없는 놈들을 치는데 숫자가 뭔 상관이랍니까!"

"따지고 보면 우리도 많이 당했다. 남은 전력도 차이가 심하고. 무엇보다 루외루가 우리 뒤통수를 친다면?"

"아직 손을 잡은 것은 아니라면서요?"

전풍이 샐쭉거리며 반문했다.

"손을 잡기 위해서라도 지원을 할 수도 있는 것이지. 우리에게도 치명타를 가할 수도 있을 테니까. 만약 야수궁과 루외루가 힘을 합친다면 어찌 될 것 같으냐?"

"생각할 것 뭐 있수? 그냥 끝장이지."

전풍이 자신의 손으로 목을 긋는 시늉을 했다.

"그래서 무리라는 것이다."

떨떠름한 표정으로 술잔을 들던 전풍의 눈이 갑자기 반

짝거렸다.

"그럼 우리도 부르면 되잖소. 강남무림 연합군."

기가 막힌 생각을 해냈다는 듯 전풍은 어깨를 으쓱거리
며 의기양양했다.

그런 전풍을 사도은은 한심한 눈으로 바라보았다.

"다시 물어보자. 현재 야수궁은 십만대산에 있다. 우리
가 요청을 한다고 했을 때 그들이 지금의 진영을 떠나 십
만대산까지 우리를 돕기 위해 원정을 하리라 생각하느
냐?"

"당연한 거 아니요. 적에게 치명타를 안길 수 있는 절호
의 기회인데."

기대와는 전혀 다른 긍정적인 대답에 세 사람은 헛웃음
을 내뱉고 말았다.

"모두가 네 녀석처럼 순진하면 좋겠다. 하지만 세상일은
그렇지 않아."

"어쨌든 말로만 떠들 게 아니라 일단 시도는 해봐야 될
것 아닙니까? 안 되면 그때 다시 방법을 찾으면 되고."

전풍이 답답하단 얼굴로 가슴을 쳤다.

"강남무림의 수장이라 할 수 있는 남궁세가가 사실상 박
살이 난 데다가 루외루의 위협도 여전하다. 막말로 그들이
천마신교를 돕기 위해 자리를 비운 사이에 루외루가 작심

하고 강남을 쓸고 다니면 답이 없어. 강남무림은 물론이고 무황성에서도 그들을 도와줄 여력이 없는 상태니까. 그럼에도 불구하고 슬쩍 시도는 했었다."

진유검의 말에 전풍의 눈이 동그래졌다.

"예? 시도를 했었다고요?"

"천강십이좌를 통해 의중을 떠봤다고. 어땠을 것 같으냐?"

진유검이 씁쓸히 웃으며 되물었다.

"표정을 보니 거절당한 모양이네요."

"그래, 거절당했다. 하지만 여기 누구도 그들을 비난하진 못해. 서운한 마음을 가질 순 있어도."

진유검의 말에 사도은이 고개를 끄덕이며 아쉬워했다.

"그렇지요. 연합을 한다고 해도 각자의 사정이 있고 그것이 타당하다면 이해를 해야 하는 것이니까요. 아무튼 안타깝습니다. 시간이 조금만 더 여유가 있었다면, 그래서 교주님께서 천마조사님의 무공을 완성하셨다면 지금의 답답한 상황에 돌파구가 생겼을 텐데요."

"어제 말씀드린 대로 전황이 너무 좋지 않군요. 야수궁은 무사히 막았지만 소림사가 생각 외로 쉽게 무너지는 바람에 균형추가 확 무너졌습니다. 오늘 날아온 소식에 의하면 빙마곡을 상대하고 있는 신도세가와 이화검문의 분위기도 좋지 못하다는군요. 그런 와중에 사천까지 완전히 무너지면 답이 없습니다."

진유검이 제갈명에게 받은 전서를 떠올리며 말했다.

"한데 진 공자님과 천강십이좌만으로 가능하겠습니까? 공자님의 능력을 무시하는 것이 아니라 사천무림의 상황이 워낙 개판이라 걱정입니다. 지금껏 버틴 것이 기적이라는 말도 있고요."

혈륜전마가 그 급박한 와중에도 제대로 힘을 모으지 못하고 오합지졸처럼 흩어진 사천무림을 비난하며 물었다.

"사공세가에서도 최정예 고수들을 보낸 것으로 압니다. 길을 서두른다면 비슷한 시기에 도착할 수 있을 것 같군요."

"아! 사공세가!"

사도은과 혈륜전마의 입에서 탄성이 터져 나왔다.

전통의 명문 정파, 세가는 물론이고 근래 들어 사대가문이 명성을 높이고 있다지만 과거 세외사패의 침략 이후, 누가 뭐라고 해도 중원 최고의 무가는 지금의 무황성을 만들어낸 사공세가였기 때문이었다.

"무황성, 아니, 중원 무림 최후의 보루라 할 수 있는 사공세가가 움직였다는 것은 그만큼 작금의 상황이 좋지 않다는 것을 의미하겠군요."

사도은이 한숨을 내뱉으며 술잔을 비웠다.

"걱정입니다. 세외사패만으로도 이렇게 버거운데 루외루와 산외산까지."

사도은이 산외산을 언급하자 진유검의 안색이 살짝 어두워졌다. 자기도 모르게 단우린을 떠올린 것이다.

"아참, 그 늙은이는 어찌 되었답니까?"

전풍이 사도은을 향해 물었다.

진유검과 혈륜전마 역시 궁금하다는 표정으로 사도은을 바라보았다.

"전력을 다해 찾고는 있지만 여전히 오리무중이다. 무황성 쪽에선 별다른 얘기 없었습니까?"

"마찬가지입니다. 남궁세가는 물론이고 개방의 수뇌부가 빙마곡에 쓸리며 정보망이 많이 무너진 모양입니다. 그나마도 세외사패의 동향을 살피느라 정신없고요."

사도은이 그럴 줄 알았다는 듯 무겁게 고개를 끄덕였다.

"문제로군요. 어찌 보면 가장 위험하고 큰 변수가 될 인물의 족적을 놓쳤으니. 그나마 다행이라면 루외루와 산외산이 반목할 가능성이 높다는 것입니다. 단우 노야가 아무리 강하다고 하더라도 루외루 또한 만만치 않은 저력을 지닌 곳. 충분히 견제가 될 테니까요."

"동맹을 유지할 가능성은 어찌 보십니까?"

"후계자로 삼을 만큼 아끼던 딸이 비참하게 죽었습니다. 정상적인 아비라면 이성적으로 판단하기 쉽지 않을 겁니다. 만약 이런 상황에서 산외산과의 동맹을 유지할 정도로 냉정함을 보여준다면 그자야말로 진정한 효웅이라 할 수 있겠지요. 어쩌면 단우 노야보다도 더 위험한."

마도제일뇌라 일컬어지는 사도은의 단언에도 진유검은 문득 의심이 들었다.

'정말 깨진 것일까?'

*   *   *

장강에 비친 그림자가 마치 선녀가 춤을 추듯 신비롭고 아름답다고 하여 이름 붙여진 무선루(舞仙樓).

산외산의 산주이자 하란산장의 장주 단우연이 별다른 호위도 없이 그저 어린 수행원 한 명을 데리고 무선루에 도착한 시간은 땅거미가 막 내려앉기 시작하는, 무선루의 풍광이 가장 아름답다고 할 때였다.

장강의 삼대명루라는 황학루, 악양루, 등왕각만큼은 아니더라도 장강 유람을 한다면 한 번쯤은 들러봐야 하는 명소로 손꼽히는 곳이었기에 무선루는 평소에도 많은 사람이 들끓었다. 특히 이렇듯 노을이 질 땐 그야말로 인산인해를 이뤘는데 어찌 된 일인지 지금은 개미 새끼 한 마리를 찾아볼 수가 없었다.

그 이유를 아는지 모르는지 잔뜩 위축된 수행원은 연신 주변을 둘러보며 마음을 졸이고 있건만 단우연은 급할 것 없다는 듯 느긋한 걸음걸이로 주변을 둘러보며 무선루의 풍광에 심취했다.

"장충아, 이 좋은 광경을 두고 어째서 뭐 마려운 강아지처럼 끙끙대고 있느냐?"

단우연이 손에 든 섭선으로 수행원의 머리를 톡 치며 물었다.

"주변의 분위기가 너무도 무섭습니다."

"무섭다니?"

"제가 비록 변변한 무공도 익히지 못한 한심한 놈이지만 천지 사방을 뒤덮은 살기를 못 느낄 정도로 바보는 아닙니다."

"살기라 생각하지 말고 우리를 환대하는 것이라 생각하면 편하지 않느냐?"

장충은 끊임없이 쏟아지고 있는 살기의 중심에서도 여유롭기만 한 단우연에게 감탄 어린 눈길을 보냈다.

"장주님은 그렇게 여기실지 몰라도 저는 그럴 수가 없습니다."

"쯧쯧, 다 마음먹기에 달린 것이거늘."

혀를 찬 단우연이 장강의 물줄기를 향해 다시금 시선을 돌리려 할 때 무선루 쪽에서 한 사내가 천천히 걸어왔다. 비상 단주 환종이었다.

"어서 오십시오, 루주께서 기다리고 계십니다."

환종이 허리를 굽혀 예를 표하며 최대한 공손한 어조로 말했다.

그런 환종을 보며 단우연이 부드럽게 웃음 지었다.

"무선루의 풍광이 너무 좋아 잠시 실례를 했소이다. 자, 갑시다."

단우연이 무선루를 향해 발걸음을 내딛자 환종이 빠른 걸음으로 앞서 나가며 길을 안내했다.

무선루의 내부는 밖에서 보는 것보다 훨씬 더 웅장하고 넓었으며 화려했다.

하지만 개미 새끼 한 마리 찾아볼 수가 없었으니 단우연은 텅텅 빈 무선루를 보면서 너털웃음을 터뜨렸다.

"너무 무리를 한 것은 아닌지 모르겠소."

"귀한 분들의 만남입니다. 잡음 따위가 있어서야 되겠습니까?"

"잡음이 문제가 아니라 세간의 이목이 쏠릴까 걱정이오."

"너무 걱정하지 마십시오. 관부에서 길목을 차단하고 있으니 다들 황실의 고관대작이 다녀가는 것으로 알고 있을 것입니다."

"호! 관부라."

사람들의 발길을 막은 것이 루외루가 아니라 관부라는 말에 눈동자를 빛내던 단우연은 이내 표정을 회복했다. 루외루 정도라면 관부를 움직이는 일 정도는 문제도 아니라 생각한 것이다.

단우연과 장충은 환종의 안내를 따라 무선루 꼭대기의 별실에 도착했다.

장방형에 그리 넓지는 않았지만 사방으로 확 트인 창문으로 인해 천지 사방을 막힘없이 볼 수 있으니 무선루에서도 주변 풍광을 가장 잘 볼 수 있는 곳이었다.

방 중심에는 기기묘묘하게 얽힌 주목의 뿌리를 잘라 비취빛이 감도는 옥을 연마해 올린 원탁과 흑표의 가죽을 씌워놓은 의자가 마주 보게 놓여 있었다.

원탁 위에는 보석으로 치장한 술병과 황금으로 만든 술잔이 눈이 부실 정도로 화려한 빛을 뿜어내고 있었는데 정작 단우연의 눈길을 사로잡은 것은 등을 돌린 채 창문을 바라보고 있는 공손후의 모습이었다.

'음.'

공손후의 뒷모습을 가만히 지켜보던 단우연의 눈빛이 확 변했다.

자신이 도착했을 뻔히 알면서도 모르는 척하는 무례를 떠나서 평범하기 짝이 없는 공손후의 뒷모습이 보면 볼수로 거대해지는 듯한 느낌 때문이었다.

별다른 행동도 없이 단순히 존재감만으로 그런 착각을 일으키게 만든다는 것은 정말 대단한 일이었다.

'과연 루외루의 수장답군.'

단우연이 공손후를 진심으로 인정하고 있을 때 환종이 조심스레 입을 열었다.

"루주님, 귀빈을 모시고 왔습니다."

환종의 말에 창문을 바라보던 공손후가 천천히 몸을 돌렸다.

"손님이 오신 줄도 모르고 결례를 범했습니다. 루외루의 공손후라 합니다."

공손후가 살짝 허리를 숙이며 포권을 했다. 단우연 역시 마주 포권했다.

"단우연입니다."

"자, 이리로. 오시는 데 불편한 점은 없으셨는지 모르겠습니다."

공손후가 반갑게 맞으며 자리를 권했다.

"편히 왔습니다. 오랜만에 세상 구경을 하니 힘든 것을 모르겠더군요. 특히 이곳의 풍광이 참으로 좋습니다."

"그렇지요? 세상 사람들은 황학루니 악양루니 하며 떠들어대지만 솔직히 노을빛으로 물든 무선루의 풍경엔 비할 바가 아닙니다. 세상사 근심을 잊게 만들 정도니까요."

웃으며 말을 하던 공손후의 얼굴에 순간적으로 짙은 그늘이 졌다.

근심이란 아마도 딸을 잃은 슬픔을 말하는 것일 터. 이유를 짐작한 단우연이 무거운 표정으로 입을 다물었다.

"이런, 손님을 모셔놓고."

분위기를 바꾼 공손후가 술병을 들었다.

"한잔하시지요. 백련초로 빚었다고 하는데 향기가 제법 괜찮습니다."

단우연은 거절하지 않고 술잔을 들었다.

단숨에 잔을 비운 단우연이 술잔을 건넸고 공손후도 흔쾌히 잔을 받아 들었다.

그렇게 주거니 받거니 하며 몇 순배가 돌았다.

적당히 취기가 올랐을 때 공손후가 술잔을 내려놓았다.

"자, 이러다 밤을 새우겠습니다. 주담(酒談)은 여기까지 하지요."

약간은 흐릿하다 여겨지던 눈빛이 어느새 차갑게 가라

앉았다.

"저와의 회담을 요청했다는 수하들의 보고를 받고 많이
놀랐습니다."

"그러셨습니까?"

자세를 고쳐 잡으며 반문하는 단우연 또한 취기가 전혀
느껴지지 않았다.

"예, 참으로 뜻밖이었습니다. 동맹 관계로서 언젠가는
당연히 만남을 가져야 한다고 여기고는 있었지만 아무래
도 시기가 그랬으니까요."

"그렇긴 했지요. 우선 영애를 잃으신 일에 대해 깊은 애
도를 표합니다."

단우연이 정중히 고개를 숙였다.

"감사합니다만 기분은 과히 좋지 않군요."

공손후가 단우연을 지그시 노려보았다.

당연했다.

공손유의 목숨을 빼앗은 사람이 다름 아닌 산외산의 실
질적인 주인이자 가장 큰 어른이라 알려진 단우 노야였으
니까.

"충분히 이해합니다. 하지만 우선 이 점을 확실히 해두
고 싶군요."

공손후는 아무런 대꾸 없이 의자 깊숙이 몸을 뉘였다.

"단우 노야와 산외산은 더 이상 관계가 없습니다."

"무슨 뜻입니까?"

"제가, 산외산의 산주인 제가 더 이상 그분을 인정하지 않는다는 말이지요."

정확히 이해가 되지 않았던 공손후가 가느다랗게 뜬 눈으로 단우연을 바라보았다.

공손후의 반응과는 상관없이 단우연이 말을 이어갔다.

"한 가문에 불세출의 인재가 태어나는 것은 참으로 반길 일입니다. 하지만 그 인재가 적통이 아니라 방계라면, 게다가 감당키 힘든 세월 동안 그늘을 드리운다면 그렇게 반길 만한 일은 아니지요."

공손후는 방계라는 말을 듣고는 단우연이 말하고자 하는 의미를 바로 파악했다.

"운이 좋았군요. 아직까지 적통을 빼앗기지 않았으니 말입니다. 단우 노야가 욕심을 내지 않은 것입니까?"

공손후가 약간은 빈정거리듯 말했다.

"욕심을 내고 싶어도 어쩔 수 없는 상황이었습니다. 하늘의 시기심 때문인지 노야의 직계들 중엔 그나마도 변변한 인물이 없더군요."

단우연이 쓰게 웃었다.

"흠, 그런데 반기를 들었다는 것은 후계로 세울 만한 인물이 나왔다는 것이겠군요."

"슬프게도 맞습니다. 노야께서 수호령주라는 친구에게
패퇴하지 않았다면 아마도 다음 대 산외산의 주인은 당연
히 노야의 직계 후손이 되었을 것입니다."

"수호령주가 산주의 진정한 은인입니다그려."

공손후가 너털웃음을 터뜨렸다.

"한데 내부의 그런 중대한 비밀, 치부를 제게 털어놓아
도 되는 것입니까?"

"서로에게 믿음을 줄 수 있다면 굳이 감출 이유가 없다
고 생각했습니다."

"너무 쉽게 생각하시는군요. 그 정도 말에 제가 믿음을
줄 수 있다고 보십니까?"

공손후가 정색을 하며 차갑게 되물었다.

"영애가 당하던 그날, 제 딸아이도 같은 자리에 있었습
니다. 아십니까?"

딸인지는 몰라도 단우 노야의 핏줄로 보이는 여인이 있
다는, 그리고 그녀 역시 죽음을 당할 뻔했다는 보고를 받
은 기억이 있던 공손후가 묵묵히 고개를 끄덕였다.

"수호령주가 손을 쓰지 않았다면 제 딸아이도 노야의 손
에 죽임을 당했을 것입니다. 애당초 노야에겐 자신의 직계
를 제외한 핏줄은 별다른 의미도 없을 테니까요."

"그거야 천마수의 마기로 인한 일시적인……."

단우연이 거칠게 공손후의 말을 잘랐다.

"아니요, 노야는 그런 사람입니다."

단우연의 눈동자가 붉게 충혈되었다.

"제 조부께서는 노야만큼은 아니더라도 그에 버금갈 정도로 뛰어난 분이셨습니다. 무공뿐만 아니라 인품까지도. 부친 또한 백 년에 한 번 태어날까 하는 인재셨지요. 하지만!"

단우연은 가슴속 깊이 치미는 격정에 차마 뒷말을 잇지 못하고 거칠게 술잔을 들었다.

직접적인 얘기를 듣지는 못했으나 공손후는 단우연이 하고픈 말을 정확하게 이해했다. 그러곤 굳은 얼굴로 단우연의 빈 잔에 술을 가득 부었다.

다시금 잔을 비우고 깊게 한숨을 내뱉으며 평정심을 회복한 단우연이 멋쩍은 미소를 지으며 말했다.

"부끄러운 모습을 보였습니다."

"부끄러울 것 없습니다. 충분히 이해하니까요."

공손후가 이전보다 훨씬 부드러워진 눈빛으로 말했다.

"제 말을 믿으십니까?"

"말을 믿는다기보다는 그 눈빛을 믿습니다."

공손후가 단우연의 눈을 직시했다.

"상황을 만회하기 위한 연기일 수도 있습니다만."

"연기로 그런 눈빛을 보여줄 수 있다면 당해도 할 수 없다는 생각입니다. 한데 연기였습니까?"

공손후가 술잔을 들며 물었다.

묘한 표정으로 공손후를 바라보던 단우연이 술잔을 들었다.

"아닙니다."

두 사람은 서로에게 미소를 보이며 건배를 했다.

별다른 대화 없이 술잔을 주고받던 두 사람은 술상을 두 번이나 치운 후에야 다시금 진지한 대화를 시작했다.

"현재로서 가장 중요한 사안은 노야의 행방입니다. 단도직입적으로 여쭙지요. 찾으셨습니까?"

공손후가 무거운 표정으로 고개를 저었다.

"찾지 못했습니다. 본 루의 모든 정보력을 동원해서 찾고는 있지만 어디로 숨었는지 전혀 흔적이 없더군요. 혹 산외산에선……."

"마찬가지입니다. 본산을 탈출한… 아, 노야의 직계와 그를 지지하던 자들은 이미 대다수가 제거되었습니다. 탈출에 성공한 놈들은 소수에 불과하지요. 어쨌든 놈들의 흔적을 은밀히 쫓고는 있으나 아직은 별다른 성과를 거두지 못했습니다."

"아직이라면 가능성이 있다는 말이군요."

"예, 노야가 살아 있다면 반드시 만나야 하는 놈에게 그림자를 붙여놓았습니다."

"반드시라면… 아! 이해했습니다. 직계 후손이라면 확실히 가능성이 높을 것 같습니다."

크게 고개를 끄덕인 공손후가 갑자기 표정을 굳혔다.

"그런데 한 가지 부탁드릴 것이 있습니다."

"무엇입니까?"

"단우 노야를 발견한 사람이 누가 되었든, 설사 산외산에서 먼저 추격에 성공했다고 하더라도 단우 노야만큼은 제게 양보를 해주셨으면 합니다. 그는 제가 상대합니다."

딸아이의 원수를 자신의 손으로 갚고야 말겠다는 강력한 의지의 표명이다.

순간, 단우연의 눈동자가 미묘하게 떨렸다.

짧은 시간, 무슨 대답을 해야 최선일지 고민을 하던 단우연이 탄식하듯 물었다.

"혼자 상대하실 생각입니까?"

"그렇습니다."

공손후가 당연하다는 얼굴로 대답했다.

"노야는 강합니다. 루주께서 생각하신 것 이상으로."

"압니다. 하지만 저 또한 강하다고 자부합니다만."

"루주께서 강하지 않다는 말이 아닙니다. 제 평생 두 번째로 보는 강한 고수니까요."

"첫째는 단우 노야입니까?"

공손후가 가소롭다는 듯 입술을 비틀며 물었다.

"그렇습니다."

"잘못 아셨군요. 첫째는 단우 노야가 아니라 바로 접니다."

강한 자부심이 담긴 말이었다.

"루주께서 보시기에 제 실력은 어떤 것 같습니까?"

단우연의 질문에 잠시 멈칫한 공손후가 약간은 자신만만한 음성으로 대답했다.

"대단한 실력을 지니셨습니다만 제 상대는 아닙니다."

어쩌면 상대를 무시하는, 다분히 도발적인 말이었으나 단우연은 크게 반발하지 않았다.

"그다지 동의하고 싶지는 않으나 루주의 말씀을 일단 인정한다 치고. 그럼 다시 묻지요. 전력을 다했을 경우 어느 정도면 승부가 나리라 보십니까?"

이미 생각한 바가 있다는 듯 바로 대답이 나왔다.

"그래도 반 시진은 겨뤄야 된다고 봅니다만."

공손후의 말에 단우연이 다섯 손가락을 펼쳤다.

공손후가 그 뜻을 이해하지 못해 미간을 찌푸릴 때 단우연이 쓴웃음을 지으며 말했다.

"오십 초. 제가 노야와 대결하여 버틸 수 있는 시간입니다."

"……"

공손후의 눈이 휘둥그레졌다.

단우연과 대결을 한다고 했을 때 필승의 자신이 있었다.

그러나 그 차이는 생각보다 크지 않았다.

자칫 방심이라도 한다면 승리를 장담할 수 없을 정도로 단우연의 실력은 대단해 보였다.

그런 단우연이 고작 오십 초를 감당하지 못한다니 도저히 믿기지 않았다.

"그래도 많이 좋아진 겁니다. 삼 년 전만 해도 십초지적이 되지 못했으니까요."

"마, 말도 안 되는……"

격렬하게 고개를 흔드는 공손후. 하나, 단우연의 말이 사실임을 그는 이미 느끼고 있었다.

단우연의 말이 아니더라도 많은 보고서를 통해 그는 자신이 단우 노야의 상대가 되지 못한다는 것을 직감하고 있었다. 그저 애써 그 사실을 외면하고 있을 뿐이었다.

공손후의 붉어진 얼굴에 온갖 상념이 휘몰아쳤다.

단우연은 공손후가 생각을 정리할 수 있도록 아무런 말

도 없이 가만히 술병을 기울였다.

약간의 시간이 흐르고 애써 부정하고 있던 사실을 직시하게 된 공손후가 허탈한 음성으로 물었다.

"지금 당장은 뜻이 같이 동맹을 맺고 있지만 궁극적으론 산외산과 루외루는 적입니다. 한데 어째서 그와 같은 충고를 해주는 겁니까?"

단우연이 기다렸다는 듯 대답했다.

"간단합니다. 혼자서는 절대로 무림을 도모하지 못하기 때문이지요. 잊으셨습니까? 노야도 대단하지만 그런 노야를 꺾은 인물이 존재한다는 것을."

"수.호.령.주."

어쩌면 단우 노야 이상으로 수호령주와 악연이 깊은 공손후가 이를 부득 갈았다.

"그렇습니다. 아무리 뛰어난 능력을 지녔다고 해도 세력을 잃은 노야는 어떻게든 감당할 수 있습니다. 그러나 무황성과 천마신교가 버티고 있는 수호령주는 다릅니다. 양쪽에서 힘을 합치지 않으면 절대로 쓰러뜨릴 수 없습니다."

수호령주에게 지독할 정도로 당해왔던 공손후는 단우연의 말에 반박하지 못했다.

"루주께서 노야를 상대하는 것은 상관없습니다. 훗날을

생각하면 제 입장에선 솔직히 반길 일이지요. 다만 혼자는
안 됩니다. 절대로!"

"……."

멍한 눈으로 창밖을 향해 고개를 돌린 공손후는 쉽게 대
답하지 못했다.

"루주님!"

단우연이 언성을 높이자 고개를 돌린 공손후가 힘없이
대답했다.

"알겠습니다. 약속하지요."

"믿겠습니다."

그제야 비로소 낯빛이 환해진 단우연이 말을 이었다.

"자, 이제 루주께서 먼저 부탁을 하셨으니 이번엔 제가
부탁을 드릴 차례인가요?"

공손후가 입가에 엷은 미소를 지었다.

"말씀해 보십시오."

"천마신교를 견제해 주십시오."

"알겠습니다. 당연히……."

흔쾌히 고개를 끄덕이던 공손후의 말이 잘렸다.

"그리고 빙마곡에 대한 지원도 부탁드립니다."

공손후의 표정이 살짝 굳어졌다.

"빙마곡까지요? 천마신교면 충분하지 않습니까? 천마신

교엔 수호령주가 있습니다. 말이 좋아 천마신교지 사실상 강남무림까지 견제하는 상황입니다만."

공손후가 강하게 불만을 표했다.

그런 반응을 예상하고 있었던 단우연이 의뭉스런 미소를 지으며 물었다.

"대신 야수궁을 손에 넣지 않으셨습니까?"

"그거야……."

"지난 싸움으로 쌍방에 큰 피해가 많았습니다. 어차피 당분간은 크게 부딪칠 일은 없을 것입니다. 야수궁을 이용해 적당히 견제만 한다면 무리는 없다고 봅니다. 수호령주와도 크게 엮이지 않을 것이고요."

단우연의 거듭된 설명에도 공손후는 여전히 떨떠름한 표정이었다.

"그렇긴 합니다만 어째 우리만 너무 희생을 강요당한다는 생각이 드는군요."

우리가 피를 보는 동안에 너희는 무엇을 할 것이냐는 듯한 표정이었다.

단우연이 의미심장한 웃음을 보이며 말했다.

"그사이 사천무림을 깨끗하게 정리할 생각입니다."

*　　　　*　　　　*

장강을 오르내리는 거대한 상선.

물길을 거스르며 오르는 중이라 속도는 생각만큼 나지 않았지만 불어오는 바람은 시원했기에 여정에 지친 많은 사람이 갑판 위에 나와 휴식을 취했다.

사천무림을 돕기 위해 길을 나선 사공세가의 무인들도 예외는 아니었다.

평소 배를 탈 일이 거의 없던 그들이기에 다들 피곤한 기색이 역력했다.

"얼마나 남았느냐?"

사공세가의 무인들을 이끄는 사공중이 그를 호종하고 있는 두 아들에게 물었다.

"반 시진 정도면 도착할 것입니다."

사공민의 대답에 이어 동생 사공광이 몇 마디를 덧붙였다.

"그곳에서 다시 당가까지 가려면 하루 반나절은 꼬박 달려야 합니다."

"반 시진이라. 얼마 남지 않았구나."

사공중은 당가까지의 거리가 제법 남았음에도 배에서 내릴 수 있다는 말에 반색을 했다.

때마침 객실에서 술병을 들고 나오던 장로 곽동이 그 말을 듣고 웃었다.

"그렇게 힘든가?"

"힘들다기보다는 이렇게 배에만 갇혀 있으려니 지겹구만."

"쯧쯧, 며칠이나 되었다고. 늙은 게야. 늙으면 만사가 다 귀찮은 법이니까. 한잔하려나?"

곽동이 술병을 흔들며 물었다.

"됐네. 점심 먹은 것이 탈이 났는지 속도 영 좋지 않아."

"그 또한 늙어서 그런 것이지. 옛날엔 바위를 갈아 마셔도 멀쩡했는데 말이야."

"그거야말로 정말 옛날 얘기지. 왕후장상도 흐르는 세월 앞에선 무력하다고 하지 않나. 자네나 나나 언제 가도 이상하지 않을 만큼 많이 늙었어."

사공중이 씁쓸한 미소를 지으며 말했다.

"그런 의미에서 기대가 커. 그저 세월만 좀먹다 허무하게 가는 건 아닌가 걱정이 많았는데 말년에 제대로 된 불꽃을 피워볼 수 있을 테니 말이야."

곽동이 말을 끝내고 거침없이 술을 들이켰다.

"그렇게 단순하게 생각하기엔 상황이 너무 좋지 않아. 마불사의 힘이 만만치 않다는 것은 알고 있지만 사천무림이 이토록 무력하게 무너질 줄은 상상도 못 했네."

"자업자득이지. 감당키 힘든 적을 앞에 두고도 여전히 밥그릇 싸움에 정신이 없었으니까. 무황성에서 저들을 중재하려고 얼마나 애를 썼는지 자네도 알지 않나. 결국 실패했지만. 크! 독하네."

곽동이 인상을 쓰며 술병을 내밀었지만 사공중이 다시금 고개를 저으며 말했다.

"이제라도 정신을 차렸으니 다행이지."

"놈들에게 박살이 나고 정신을 차리면 뭐해? 청성파는 겨우 멸문의 위기를 넘겼어. 아미파도 형편없이 망가졌고. 대충 얼마나 남았다더냐?"

곽동이 사공민에게 물었다.

"꽤 심각합니다. 참패를 당한 지난 싸움에서 청성파는 물론이고 아미파 역시 전력의 반 이상이 넘게 사라졌으니까요. 그나마 위안이라면 아직 당가의 전력이 건재하다는 정도입니다."

"아무렴. 철혈독심(鐵血毒心) 당운이 그리 쉽게 당할 위인은 아니니까."

곽동이 크게 고개를 끄덕였다.

"애당초 아미나 청성에서 그렇게 뻗댄 것이 잘못이야. 사천의 패자는 누가 뭐라고 해도 당가지. 그들을 중심으로 힘을 모았어야 했는데."

사공중은 아미와 청성의 오판으로 인해 사천무림이 큰 위험에 빠진 것에 무척이나 화가 난 모습이었다.

"그리고 보면 지금까지 버틴 것도 용해. 천하의 소림사도 진즉에 무너졌는데 말이야."

곽동의 말에 사공중이 곧바로 코웃음을 쳤다.

"그게 다 당가 덕분이었지. 초반에 노도처럼 밀려들던 마불사 놈들이 당가와 당가를 따르는 많은 이들의 기책에 말려 꽤나 헤맸거든. 그때를 놓치지 않고 힘을 모아 몰아쳤으면 지금과는 전혀 다른 상황이 되었을걸. 천재일우의 기회를 놓친 거지. 멍청한 인간들."

당가 역시 연합군의 주도권을 쥐려고 수많은 무리수를 두었음에도 사공중은 결과적으로 당가를 배제하고 마불사와 정면으로 맞부딪쳤다가 막대한 피해를 입고 만 청성파와 아미파에 대한 비난의 수위를 높였다.

"그나마 신도세가의 지원이 제때에 이뤄졌기에 망정이지 하마터면 아미파마저 완전히 쓸릴 뻔했습니다."

사공광의 말에 곽동이 흥미롭다는 얼굴로 고개를 끄덕였다.

"그래, 활약이 대단했다지?"

"예, 청룡대가 맹활약을 했다고 하더군요."

"신도세가의 최정예라는 말이 허언이 아니었구나. 쯧쯧,

그런 정예들을 백의종군케 해야 하니 신도장의 입맛이 참으로 쓰겠어."

혀를 차는 곽동의 표정엔 안타까움보다는 고소해 죽겠다는 듯한 표정이 역력했다.

"흥! 버러지 같은 놈들. 무림의 안위를 걱정한 수호령주가 아량을 베풀었기에 그 정도로 끝났지 노부였다면 모조리 목을 날려 버렸을 것이야."

사공중은 무황이 암살을 당한 상황에서 권력을 잡기 위해 음모를 꾸민 이들을 극도로 혐오했다.

"그래도 나쁜 선택은 아니잖아. 그냥 목을 날리는 것보다는 이렇듯 칼받이로 세우는 것이 더 좋지. 가뜩이나 손이 부족한데."

"뭐, 그렇긴 해."

당시의 일을 떠올리며 잠시 흥분했던 사공중이 화를 누그러뜨리며 어깨를 으쓱거렸다.

"아무튼 이제 곧 하선을 한다고 하니 다들 마음의 준비를 단단히 하라고 일러라. 별다른 휴식 없이 바로 이동을 할 것이다."

사공중의 명령에 사공민과 사공광이 동시에 대답을 하곤 조심히 몸을 돌렸다.

"그런데 수호령주는 언제쯤 도착한다고 하던가?"

곽동이 물었다.

"아무래도 거리가 있으니까 우리보다는 조금 늦을 것 같더군."

"허! 조금 늦는다고? 그쪽에서도 꽤나 서두르는 모양일세."

"상황이 그만큼 급박하게 돌아가고 있다는 것이겠지. 다만 수호령주가 이쪽으로 빠지면서 강남무림이 다시 위험에 빠지는 것은 아닌지 걱정일세."

"지난 싸움으로 야수궁의 수뇌부가 사실상 무너졌잖아. 상황이 그 정도인데 설마 버텨내지 못하겠나? 천마신교의 지원도 있고."

"남궁세가만 건재하다면 무슨 걱정이겠나? 남궁세가의 피해가 워낙 막심하니 그렇지. 게다가 아무래도 루외루가 걸린단 말이야."

사공중의 입에서 절로 한숨이 흘러나왔다.

"흠, 루외루를 잊고 있었군."

크게 고개를 끄덕인 곽동이 문득 생각났다는 듯 말했다.

"아, 그리고 보니 수호령주에게 당했던 그 늙은이도 문제로군. 아직 행방을 찾지 못했다지?"

"못 찾았지. 사실 찾아볼 여유도 없을 걸세. 곳곳에서 워낙 치이고 있으니. 아무튼 자네도 이제 그만 마시고 준비를 하는 것이 좋겠네."

"됐어. 난 이게 밥이자 보약이라네."

곽동이 사공중의 당부를 가볍게 무시하며 술병을 입에
댔다.

"츱, 그놈의 술. 어디 죽을 때까지 마시려나?"

"아무렴. 숨 쉴 기운만 있으면 마실 셈이네."

사공중의 힐난에도 곽동은 전혀 개의치 않고 연신 술을
들이켰다.

결국 자신의 힘으로 어찌할 수 없다는 것을 깨달은 사공
중이 혀를 차며 고개를 돌리자 곽동은 마치 싸움에서 승리
라도 거둔 듯 껄껄 웃으며 술병을 흔들었다.

한데 그런 사공중과 곽동의 모습을 가만히 지켜보는 사
람이 있었다.

갑판의 중간쯤, 한쪽 벽에 등을 기대고 지그시 눈을 감
고 있는, 안색은 창백하고 가끔 헛구역질을 하는 것을 보
면 누가 봐도 오랜 여정에 멀미를 하는 모습이라 여길 만
했으나 가끔씩 눈을 뜨고 사공중 일행을 살피는 그의 눈빛
은 지극히 차갑고 고요했다.

외부로 드러나는 자신의 날카로움을 완전히 감추고 단
순한 여행객으로 위장한 사내의 이름은 등영.

사천무림을 돕기 위해 움직인 사공세가를 감시하는 임

무를 맡은 산외산의 고수였다.

'마음껏 마셔두라고 영감. 그 술이 마지막이 될 테니까.'

곽동을 바라보다 천천히 눈을 감는 등영의 입가에 비릿한 미소가 지어졌다.

＊　　　＊　　　＊

귀주성과 사천성의 접경인 사면산(四面山) 북쪽 기슭.

천마신교를 떠난 진유검 일행이 바람을 가로지르며 정신없이 내달리고 있었는데 그 속도가 어찌나 빠른지 일행이 지나가고 한참이 흐른 뒤에야 비로소 뽀얀 먼지가 하늘로 치솟을 정도였다.

어느 순간, 굵은 땀을 비 오듯 흘리고 있던 전풍이 갑자기 걸음을 멈추고 주저앉았다.

"왜?"

바로 뒤따라오던 여우희가 놀라 물었다.

"좀 쉬자고요. 우리가 마지막으로 휴식을 취한 게 언제인지 알기나 합니까? 젠장! 세 시진 전이었다고요. 무려 세 시진 전."

악에 받친 전풍의 대답은 그녀에게 하는 것이 아니었다.

전풍의 외침에 일행의 앞에 서서 달리던 진유검이 걸음을 멈추고 뒤를 돌아보았다.

"천하의 전풍이 고작 세 시진을 달리고 퍼져?"

진유검이 슬쩍 도발을 했지만 전풍은 꿈쩍도 하지 않았다.

"그런 어설픈 격장지계는 개한테나 주시구려. 난 정말 꼼짝 못 할 것 같으니까. 말이 좋아 세 시진이지 저 산을 좀 보쇼. 저 산을 세 시진 만에 넘었다고 하면 다들 미쳤다고 할 거요."

전풍이 엄지손가락으로 등 뒤를 가리켰다.

자신도 모르게 고개를 들어 사면산의 웅장한 모습을 바라본 진유검이 입맛을 다셨다.

전풍의 말에도 분명 일리가 있었다.

사면산은 비록 중원의 이름난 산처럼 크고 높지는 않지만 험하기론 둘째가라면 서러울 정도였으니 사방 천지 오직 산만 보인다고 하여 사면산이란 이름이 붙을 정도였다.

빽빽이 들어선 원시림이 사람의 발걸음을 허락지 않았고 산 곳곳에 자리한 수많은 폭포를 극복하는 것 또한 쉬운 일은 아니었다.

그런 사면산을 고작 세 시진 만에 넘었다는 것은 가히

상상도 할 수 없는 일이었다.

"게다가 저 빌어먹을 산뿐입니까? 천마신교와 헤어져서 여기까지 얼마나 개고생을 하며 달렸는지를 생각해 봐요. 부상에서 회복한 지 얼마 되지도 않은 몸을 가지고."

전풍이 악을 써가며 대들었음에도 진유검은 딱히 뭐라 반박하지 못했다. 다소 과장되기는 했을지라도 틀린 말은 아니기 때문이었다.

그랬기에 다른 천강십이좌들 역시 은연중 동조하는 모습을 보이는 것이고.

"풍이 말에도 일리가 있는 것 같습니다. 우리야 그렇다 쳐도 풍이나 곽종은 부상에서 회복한 지 얼마 되지 않았습니다. 지칠 만도 하지요."

임소한의 말에 여우희가 기다렸다는 듯 맞장구를 쳤다.

"맞아요. 앞으로 큰 싸움이 남았는데 이렇게 지친 모습으로 달려가는 것도 좋을 것 같진 않아요."

아닌 게 아니라 곽종 역시 힘들어하는 기색이 역력했다.

"알겠습니다. 시간이 촉박하기는 해도 다들 많이 지친 듯하니 오늘 밤은 이곳에서 쉬도록 하지요."

진유검의 말이 떨어지기가 무섭게 벌떡 일어난 전풍이 노숙(露宿)을 위한 준비를 시작하자 마음속으로 휴식을 외치며 조마조마하게 서 있던, 그들 일행과 참으로 인연이 깊은 천목 요원 어조인까지 나서서 부산을 떨었다.

"지금쯤이면 사공세가의 무인들도 거의 도착했겠군요."

임소한이 말했다.

"대충 일정을 따져 보니 우리와 거의 비슷하게 도착할 듯싶습니다."

"하면 사공세가 무인들과 합류를 하는 것입니까? 아니면 단독으로 움직이는 것입니까?"

"굳이 합류할 필요는 없다고 봅니다. 어느 쪽이든 촌각이라도 빨리 도착하는 것이 도움이 될 테니까요."

"걱정입니다. 당가가 제대로 버텨내야 할 텐데요."

사면산을 넘기 전, 어조인을 통해 당가타 인근에서 치열한 접전이 펼쳐지고 있음을 전해 들은 임소한의 얼굴에 그늘이 졌다.

"버텨내기를 바라야지요."

진유검의 입에서 한숨이 흘러나왔다. 지금 당장 할 수 있는 일이 없기에 걱정스럽긴 마찬가지였다.

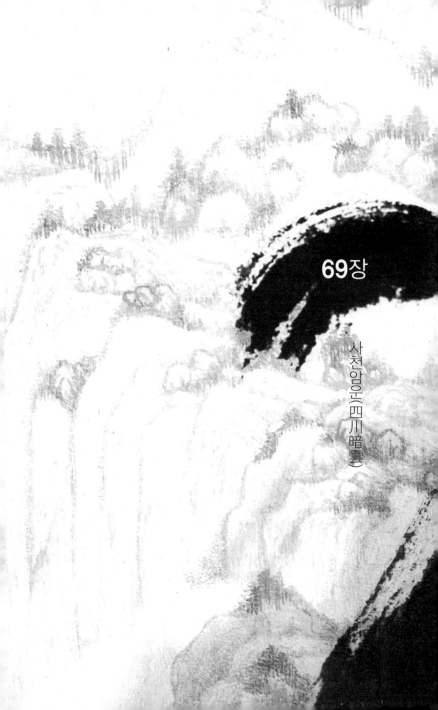

69장

사천암운(四川暗雲)

"사천분지입니다. 이제 곧 대족에 도착합니다."

사공민이 끝도 없이 이어지는 평야를 가리키며 소리쳤다.

그의 외침에 파악산(巴岳山)을 힘겹게 넘고 지칠 대로 지친 사공세가 무인들의 표정이 환해졌다.

끝없이 펼쳐진 평야와 그 평야를 가득 채우고 있는 유채꽃의 화려함 때문은 아니었다.

대족에는 앞서 움직인 신천웅의 요원들이 그들을 위해 준비한 말이 기다리고 있었고 이동하기 전, 짧게나마 휴식을 취한다는 명도 있었기 때문이었다.

"말은 제대로 준비가 되었다고 하더냐?"

사공중이 물었다.

"예, 조금 전 날아온 전서구에 의하면 부족함 없이 확보를 했다고 합니다."

"고생했겠군. 이만한 인원이 타고 갈 말을 갑자기 마련한다는 것이 쉬운 일이 아니었을 텐데."

흡족한 얼굴로 고개를 끄덕인 사공중이 목소리를 높였다.

"이제 거의 도착했다. 조금만 더 힘을 내거라."

사공중의 눈짓에 선두에 선 사공광이 유채밭 사이로 난 소로로 접어들었다.

움직이는 속도가 구릉지를 통과하던 이전과 비할 바가 아니었다.

일반적으로 구릉이라면 그저 나지막한 산지를 떠올리겠지만 어지간한 산맥에 버금갈 정도로 높고 험한 곳이 바로 사천의 구릉지.

그때의 움직임과 비교하면 유채밭을 가르며 질주하는 그들의 속도는 그야말로 바람과 같았다.

끝없이 펼쳐진 유채밭에 들어선 지 일각여, 선두에 선 사공광이 갑자기 걸음을 멈추었다.

"무슨 일이야?"

조금 뒤에서 따라오던 사공민이 달려오며 물었다.

"저기."

사공광이 고개도 돌리지 않고 앞을 가리켰다. 사공민의 시선이 사공광의 손가락을 따라 움직였다.

손가락 끝에 수상한 그림자가 있었다.

정확히 열다섯 명.

대다수가 유채꽃을 이불 삼아 최대한 편히 누운 채 휴식을 취했고 몇 명은 모닥불을 피워놓고 고기를 구우며 낄낄대고 있었다.

술병도 이곳저곳 나뒹구는 것이 제법 오랫동안 머문 듯했다.

사공민의 눈빛이 차가워지고 얼굴은 딱딱하게 굳었다.

'주변의 농사꾼은 아니다.'

당연했다. 농사꾼이라면 자신들이 키우는 유채꽃을 저렇듯 유린하며 휴식을 취하지도 않을 것이고 모닥불 따위를 피울 생각은 더더욱 하지 못할 것이다.

그들의 행색도 애당초 농사꾼과는 거리가 멀었다.

누가 봐도 탄탄한 체구에 잘 차려입은 옷은 자유로운 움직임에 최적화된 무복이다.

무엇보다 농사꾼이라면 의당 농기구를 옆에 두어야 하

겠지만 그들 옆구리를 차지하고 있는 것은 무림인들이나 쓰는 병장기였다.

[아무래도 우리를 기다린 것 같다.]

사공민이 은밀히 전음을 보냈다.

[마불사일까요?]

사공광이 물었다.

[아니, 마불사의 마승들은 저런 복장을 하지 않아. 게다가 은연중 드러나는 기세가 다들 보통이 아니다.]

[그렇다면…….]

[작금의 상황에서 우리를 기다리고 있는 적이라면 산외산뿐이겠지.]

그들의 전음이 끝나기도 전, 가장 후미에서 여유롭게 이동하던 사공중과 곽동이 도착했다.

굳이 설명을 듣지 않아도 한눈에 상황을 파악한 곽동이 인상을 쓰며 소리쳤다.

"네놈들은 누구냐?"

고기를 굽던 사내, 대략 이십 중반 남짓한 사내의 고개가 곽동에게 향했다.

"거 영감. 생긴 것처럼 목청 하나는 끝내주네!"

"여, 영감? 생긴… 것?"

지금껏 그런 말을 들어본 적이 없던 곽동은 예상치 못한 사내의 반응에 순간적으로 당황했으나 어느 순간, 눈이 좌우로 확 찢어졌다.

"네놈들이 누군지 따위는 중요치 않다. 그냥 뒈지면 되는 것이야!"

범같이 외친 곽동이 누가 말릴 사이도 없이 몸을 날렸다.

칠십을 바라보는 노인이라고 할 수 없을 정도로 빠르고 날랜 움직임에 곳곳에서 탄성이 터져 나왔다.

곽동의 목표가 된 사내의 입에서도 탄성이 터져 나왔으나 어딘지 모르게 비웃음이 섞인 듯한 음성이었다.

곽동의 손에서 뿜어져 나온 장력이 사내의 몸을 후려치려는 순간 사내 역시 피하지 않고 주먹을 뻗었다.

꽝!

거대한 충돌 음과 함께 곽동과 사내의 몸이 동시에 휘청거렸다.

공격을 감행한 곽동은 믿어지지 않는다는 얼굴로 사내를 바라보았다.

급하게 공격을 했다고 해도 장력에 실린 힘은 보통이 아니다.

한데 너무도 간단하게 막혔다.

어느 정도 우위는 차지할 수 있었다고는 해도 그 차이란 생각보다 적었다.

잔뜩 흥분했던 곽동의 머리가 차갑게 식었다.

"누구냐, 너는?"

방금 전, 물었을 때와는 분위기 자체가 달랐다.

곽동의 물음에 사내가 인상을 쓰며 말했다.

"백유명. 확실히 천외천의 무공은 만만치가 않네."

천외천이란 말에 곽동의 눈이 크게 흔들렸다.

루외루와 산외산의 등장으로 무황성, 아니, 정확하게는 사공세가가 무림삼비 중 천외천임이 어느 정도 알려져 있기는 하지만 그 또한 각 문파의 수뇌들이나 알고 있는 사실일 뿐 외부로 드러난 것은 아니었다.

한데 백유명은 사공세가가 천외천임을 정확하게 파악하고 있었다.

그렇다면 결론은 하나였다.

"모습을 보니 마불사의 땡중은 아닐 터. 네놈들은 산외산에서 왔겠구나."

백유명이 방금 전의 충돌로 뻐근해진 어깨를 몇 차례 돌리며 말했다.

"영감이 눈치도 제법이야."

그때 천포가 백유명의 어깨 위로 나른해 보이는 얼굴을 내밀었다.

"제법은 무슨. 그 정도도 모르면 바보지. 아무튼 중요한 것은 우리가 누구냐가 아니라 어째서 이곳에 있느냐는 것이겠지."

자신감 넘치는 말에 사공중이 천포와 그의 일행을 가소롭다는 표정으로 둘러보다 묘한 분위기를 풍기는 사내에게 시선을 고정시켰다.

"우리를 너무 무시하는구나. 고작 이 인원으로 우리를 막겠다고 온 것이냐?"

사공중의 날카로운 눈빛을 맞이한 사내, 사제들을 이끌고 사공세가를 막기 위해 나선 종무외가 흉흉한 살기를 드러내고 있는 사공세가 무인들을 지그시 바라보며 말했다.

"우린 루외루나 천외천처럼 머릿수로 들이대지는 않소."

"왜? 일당백이라고 말하고 싶은 것이냐?"

종무외가 씨익 웃으며 말했다.

"일당천이요."

"개소리!"

곽동의 외침에 종무외의 입가에 지어진 미소가 더욱 짙어졌다.

"개소린지 아닌지는 두고 보면 알 것이오."

　　　　*　　　　*　　　　*

"환종입니다, 루주님."

"들어와라."

문이 열리고 환종이 조심스러운 발걸음으로 들어섰다.

"연락은?"

"막 전서구를 띄우고 오는 길입니다."

"수고했다. 다들 모이셨느냐?"

"예, 루주님을 기다리고 계십니다."

"알았다. 가자."

공손후가 무거운 표정으로 회의실로 향하고 환종이 그 뒤를 따랐다.

공손후가 회의실에 도착하자 미리 도착해 있던 루외루의 수뇌들이 일제히 자리에서 일어나 예를 표했다.

"좀 늦었습니다. 다들 앉으시지요."

공손후는 수뇌들이 자리에 앉기 무섭게 산외산주와의 회담 내용을 설명했다.

제법 긴 시간의 회담이었고 많은 말이 오갔지만 사실 핵심적인 사안은 몇 가지 되지 않았기에 설명할 내용도 그리 많지는 않았다.

"……해서 야수궁으로 전서구를 띄웠습니다. 그들만 움직여도 천마신교는 충분히 견제가 가능할 테니까요."

"야수궁이 과연 우리 뜻대로 움직여 주겠습니까? 그저 우리 눈을 속이기 위해 살짝 흉내만 내는 정도에 그칠지도 모릅니다."

조유유가 불신 가득한 얼굴로 말했다.

야수궁을 받아들이기로 결정은 났지만 조유유는 여전히 그들을 믿지 못하고 있었다.

"예아가 갔으니 함부로 수작질은 못 할 걸세. 하니 너무 걱정하지 말게나. 흑수파파 또한 만만한 사람은 아니고."

공손규는 야수궁을 적절히 제어하기 위해 떠난 공손예와 흑수파파를 떠올리며 너털웃음을 지었다.

"참, 지금쯤이면 합류를 했으려나?"

공손규가 환종을 바라보며 물었다.

"아직 도착하지 못했습니다. 이틀 정도는 더 걸려야 될 것 같습니다."

"십만대산이라. 확실히 멀긴 하군."

머리를 가만히 젓는 것이 거리가 영 가늠되지 않는 듯했다.

"어쨌든 야수궁이 움직이면 천마신교를 제어하는 것은

문제가 되지 않습니다. 야수궁이 아무리 힘이 빠졌다고 해도 천마신교 따위와 비교할 정도는 아니니까요. 문제는 강남무림 연합군을 완전히 무너뜨리고 곧바로 무황성을 위협해 달라는 요구인데……."

공손무가 말끝을 흐리며 공손후를 바라보았다.

어째서 그런 무리한 요구를 받아들인 것인지 답답하다는 눈빛이었다.

조유유가 그다지 대수로울 것 없다는 표정으로 말했다.

"야수궁을 우리가 흡수하는 것을 인정하는 대가라면 이해 못 할 것도 아니라고 보는데. 산외산주 말대로 저들이 원하기만 하면 야수궁이 산외산에서의 이탈을 막을 수도 있을 것이고. 무황성을 위협해 달라는 것은 빙마곡이나 마불사의 공격에 제대로 지원을 하지 못하게 하려는 의도겠지."

"글쎄, 야수궁 때문에 놈들에게 끌려가는 것도 아니라고 보는데. 어차피 저들에겐 야수궁은 계륵과 같은 존재 아닐까? 한번 배신한 놈들을 다시 거두기도 솔직히 그렇잖아."

이명의 말에 공손무가 고개를 끄덕이며 눈빛을 빛냈다.

"맞네. 사실 야수궁 문제는 우리에게 큰 부담으로 작용을 하지 않아. 그렇기 때문에 더욱 이상한 것이야. 그걸 뻔히 알고 있는 루주가 어째서 그런 무리한 요구에 응했는지. 강남무림 연합군이야 그렇다 쳐도 무황성이라니."

공손무는 물론이고 수뇌들의 궁금증에 찬 눈빛이 쏟아지자 공손후는 한숨을 내쉬며 지난 회담을 떠올릴 수밖에 없었다.

"흠, 사천무림이 정리가 된다라. 나쁘지 않군요. 그렇게 자신하는 것을 보면 마불사뿐만 아니라 산주께서도 본격적으로 움직인 모양입니다."

"부인하지 않겠습니다."

단우연이 가볍게 웃었다.

"하지만 그것이 우리가 빙마곡을 지원해야 하는 명분은 되지 않을 것 같습니다. 사천은 이미 마불사가 공격을 하고 있었고 어차피 정리를 해야 하는 곳 아닙니까?"

"물론 그렇습니다만 동맹이라 함은 서로가 힘을 합쳐……."

공손후가 단우연의 말을 끊었다.

"합쳤지요. 해서 강남무림 연합군을 공격했고 천마신교를 견제했습니다. 수호령주로 인해 힘든 싸움을 하긴 했지만 그래도 충분한 성과를 맺었다고 자부해도 될 상황이었습니다. 제 딸과 수하들이 그런 꼴만 되지 않았다면 말이지요."

공손후의 비아냥에 단우연의 눈빛이 차가워졌다.

"배반은 그쪽에서 먼저 한 것입니다. 루외루에서 단우노야를 공격하지만 않았어도 그런 결과는 없었을 것입니다."

"천만에요. 제안은 산외산에서 먼저 했습니다."

"정확히 야수궁이지요."

"구분하는 의미가 있을까요? 야수궁이나 빙마곡, 나뭇가지는 다를지 몰라도 기둥은 같은 것을요."

공손후의 계속된 비아냥에 단우연은 애써 화를 억눌렀다.

"아무튼 애당초 그런 제안이 없었다면 아무리 단우 노야의 존재가 두렵다고 해도 우린 움직이지 않았을 겁니다."

"믿기 힘들군요."

마치 돌려주기라도 하듯 단우연의 입가에도 비웃음이 지어졌다.

"거짓말할 이유가 있다고 보십니까? 야수궁이 개입하지 않았다면 절대로 그런 일은 벌어지지 않았을 겁니다. 당시 상황상 우린 야수궁과 정면으로 붙어야 하는 위험을 감수하고 단우 노야를 제거할 필요도 없었고 무엇보다 동.맹.을 깰 이유가 없었으니까요."

동맹이란 말에 유난히 힘을 주는 공손후를 차갑게 노려보던 단우연의 표정이 갑자기 변했다.

"하하하! 이거 대화가 너무 과열되었군요. 알겠습니다. 충분히 이해했습니다. 결국 모든 일의 원흉은 제 욕심만 챙기려다 일은 망쳐 버린 멍청한 놈에게 있는 것이지요. 아무것도 얻지 못하고 혹독한 대가만 치른."

다행히 목숨은 건졌다고 해도 아직 병석에서 일어나지 못하고 자리 보존을 하고 누워 있는 묵첨파를 가볍게 씹은 단우연이 한결 밝은 표정으로 입을 열었다.

"빙마곡에 대한 지원이 버겁다면 다른 제안을 하겠습니다."

"말씀하십시오."

"강남무림 연합군을 괴멸시켜 주십시오. 나아가 무황성에 대한 공격까지."

공손후는 순간적으로 자신이 잘못 들은 것은 아닌지 멍한 얼굴이 되었다.

"지금 무황성이라 했습니까?"

질문하는 공손후의 음성에 은은한 노기가 느껴졌다.

"예, 무황성입니다."

"진심으로 하는 말입니까?"

"그렇습니다."

순간, 공손후가 탁자를 내려치며 벌떡 일어났다.

"유감이군요. 동맹은……."

"형산파의 수장 번강."

번강과 형산파란 이름 앞에 공손후의 눈빛이 당혹감으로 물들었다.

애써 평정심을 유지하는 공손후를 보며 단우연의 입꼬리가 하늘로 치솟았다.

"남궁세가가 몰락한 지금, 사실상 번강이란 자가 저들의 우두머리가 된 것으로 압니다."

"……."

"그자를 이용하면 강남무림 연합군은 순식간에 괴멸시킬 수 있습니다. 아닙니까?"

단우연은 강남무림 연합군이 이미 괴멸이라도 당한 듯 환히 웃으며 물었다.

공손후는 웃음 뒤에 감춰진, 단우연의 눈빛 저 깊은 곳에서 자신과 루외루에 대한 비웃음이 가득함을 느끼곤 그동안 계획했던 모든 것이 간파당했음을 직감했다.

"알고… 있었습니까?"

"무엇을요? 아! 번강이란 자가 루외루의 수족이라는 것을요? 물론입니다. 같이 싸우는 입장에서 그 정도 눈치는 있습니다."

단우연의 태연한 대답에 공손후가 자신도 모르게 입술을 질겅질겅 씹었다.

"아무튼 참으로 멋진 계획이었습니다. 적의 품에 비수를 심어놓다니. 마치 지금과 같은 상황을 예견이라도 하신 듯합니다."

"……."

"그런데 표정이 영 좋지 않으시군요. 흠, 설마 다른 계획이 있으셨던 것은 아니겠지요?"

웃음을 지운 단우연이 서늘한 눈빛으로 물었다.

"아… 닙니다."

공손후가 힘겹게 고개를 저었다.

뻔히 알면서 모르는 척 묻는 단우연의 목을 그대로 날려버리고 싶은 충동을 참기 위해 공손후는 필사적으로 입술을 깨물어야 했다.

생각만으로도 짜증이 솟구치는지 공손후의 얼굴이 잔뜩 일그러졌다.

좌중에 모인 이들이 심상치 않은 공손후의 반응에 침묵

과 동시에 의혹의 눈길을 보냈다.

한참 만에 공손후의 입이 열렸다.

"어째서 그런 말도 안 되는 조건을 받아들였냐고요? 후! 그럴 만한 이유가 있습니다."

공손후의 입가에 더없이 비참한 미소가 지어졌다.

*　　　*　　　*

"빌어… 먹을!"

온 몸에 피 칠갑을 한 곽동이 검붉은 피를 왈칵 왈칵 쏟아내며 불신 가득한 눈빛으로 눈앞의 상대를 노려보았다.

침침했다.

시야가 확 좁아지고 초점이 제대로 맞춰지지 않았다.

방금 전의 공격에 왼쪽 눈알이 반쯤 뽑혀 나왔기 때문이리라.

"네놈 따위에게 당하다니 믿을 수가 없구나."

곽동의 외침에 그만큼은 아니어도 만만치 않은 부상을 당한 백유명이 이마를 타고 흐르는 피를 거칠게 닦아내며 빈정거렸다.

"패자들의 한결같은 말이지. 변변찮은 실력은 생각하

지 않고 말이야. 아무튼 이제 끝날 때가 된 것 같은데, 영감."

끝낼 때가 된 것이 아니라 끝내고 싶었다.

백유명은 곽동의 집념에 몸서리를 쳤다.

첫 번째 충돌부터 만만찮은 영감이라 생각은 했지만 어지간한 사람이라면 몇 번이고 숨이 끊어졌어도 이상하지 않을 부상을 당하고도 지금껏 버텨낼 줄은 상상도 하지 못했다. 이제 인간으로도 보이지 않았다.

"놈! 아직 멀… 었다. 와라!"

곽동이 덜렁거리는 왼쪽 눈알을 귀찮다는 듯 잡아 빼며 소리쳤다.

백유명이 곽동의 거친 기세에 자신도 모르게 흠칫거렸다.

그것이 부끄럽고 짜증이 났는지 백유명의 눈동자에 살기가 번들거렸다.

"남은 눈깔마저 빼주겠어, 영감!"

"으음!"

사공중이 어깨를 부여잡고 비틀거렸다.

그는 자신의 어깨에 박힌 물건을 뽑아 들곤 어이없는 웃음을 흘렸다.

그야말로 절정의 적엽비화(摘葉飛花)였다.

유채꽃잎이 이토록 무서운 암기로 변할 수 있다는 것을 새삼 깨달으며 위기에서 빠져나간 뒤 호흡을 가다듬고 있는 종무외를 감탄의 눈길로 바라보았다.

"정말 대단하군."

사공중의 입에서 진심 어린 탄식이 터져 나왔다.

싸움을 시작한 지 어느새 이각여, 백여 초가 넘는 공방을 펼치며 상대가 얼마나 강한지 뼈저리게 느낄 수 있었다.

자부컨대 사공세가에서 자신과 백 초를 겨룰 수 있는 상대는 많아야 열 명 남짓에 불과했다. 그것도 최소 장로급 이상의 노고수들뿐.

한데 눈앞의 상대는 그 누구와 비교한다고 해도 전혀 부족함이 없었다.

어떤 면에선 고지식한 세가의 노고수들보다는 뛰어난 점들이 있었다.

무엇보다 임기응변에 능했고 실전에 익숙했으며 방금 전 흩날리던 유채꽃잎들이 그의 손에서 매서운 암기로 태어난 것처럼 주변의 모든 것을 자유자재로 이용할 줄 알았기에 상대하기가 무척이나 까다로웠다.

"동감이외다."

조금 뒤로 물러나 호흡을 가다듬던 종무외가 손에 들린

돌멩이 네 개를 만지작거리며 말했다.

사공중을 바라보는 그의 눈빛 역시 사공중만큼이나 놀라움과 감탄을 금치 못하고 있었다.

사공세가의 장로인 사공중이 그에 걸맞은 실력을 지니고 있는 당연했다. 하나 사공세가가 무황성을 세우고 무림에 군림한 지 어느덧 수백 년, 고인 물은 정체되고 썩게 마련인 법이기에 단언컨대 자신들의 상대는 아니라 여겼다.

그것이 엄청난 착각이라는 것을 깨닫는 데에는 오랜 시간이 걸리지 않았다.

사공중은 종무외의 손에서 달그락거리고 있는 돌멩이의 소음이 거슬리는지 미간을 살짝 찡그리곤 주변 상황을 잠시 살폈다.

전황은 암울했다.

사공중이 이끌고 온 사공세가 무인들의 수는 정확히 칠십 명, 그에 반해 적의 수는 고작 열다섯에 불과했다.

사공세가 무인들의 실력이 무황성의 주축이라 할 수 있는 사대가문의 정예들을 가볍게 짓밟을 수 있을 정도라는 것을 감안했을 때 사공중은 상대가 제아무리 산외산의 고수들이라고 하더라도 충분히 상대가 가능하다 여겼다.

더구나 칠십 명의 인원에는 장차 사공세가의 핵심 수뇌

로 성장해야 할 인물들도 대거 포함되어 있었으니 지려야
질 수 없는 싸움이었다.

하지만 그것은 완벽한 오산이었다.

사공중과 곽동이 종무외와 백유명에게 잡혀 있는 사이
산외산의 젊은 고수들은 사공세가 무인들을 마음껏 유린
했다.

일방적인 학살을 당한 것은 아니나 개개인의 실력에서
너무도 현격한 차이가 나기에 시간이 갈수록 피해가 기하
급수적으로 늘어만 갔다.

그나마 사공광과 사공민을 필두로 차기 장로, 호법으로
성장하고 있던 고수들이 필사적으로 버텼기에 망정이지
그렇지 않았다면 싸움은 진즉에 끝났을 것이었다.

'사공… 패마저 쓰러졌나? 끝… 장이군.'

그와 곽동을 제외하고 가장 실력이 뛰어난 사공패가 무
너지는 것을 확인한 사공중의 안색이 급격하게 어두워졌
다.

어림잡아 오십 명 가까이 목숨을 잃었다. 한데 적의 숫
자는 거의 줄어들지 않았다.

'대체 어떤 수를 썼기에 저토록 어린 나이에 이리 고강
한 무공을 지닐 수 있단 말인가! 산외산, 아니, 단우세가의
식솔들은 모두 저리 강한 것인가?'

개개인의 실력이 사공세가의 호법, 장로들은 되어야 감당할 수 있는 수준이었다.

산외산이 지닌 힘이 도저히 가늠되지 않았다.

두려움에 자신도 모르게 몸이 떨려왔다.

하지만 그건 사공중의 착각이었다.

산외산은 사공세가나 루외루의 공손세가처럼 세가 중심으로 발달한 세력이 아니었다.

산외산이라는 이름 중심에 단우세가가 자리하고는 있었지만 애당초 대가 끊어지지 않을까 걱정해야 할 정도로 손이 귀한 터라 세가의 인원 자체는 많지 않았다.

그렇다고 많은 제자나 수하들을 거둔 것도 아니다.

과거 세외사패의 시조가 되는 자들을 제자로 거두고 그들의 자식, 후계자들을 제자로 삼는 것이 지금껏 관행처럼 이어져 왔을 뿐이다.

산외산의 외형이 폭발적으로 커진 것은 단우 노야가 본격적으로 존재감을 드러내면서부터였다.

강한 무공, 강한 사내에 대해 유난히 집착이 심했던 단우 노야는 닥치는 대로 인재들을 수집(?)했고 제자로 삼았는데 그것이 불가능했을 때에는 검성처럼 씨앗을 뿌린다는 미명하에 은밀히 자신을 드러내기도 했다.

어쨌든 단우세가의 핏줄이나 세외사패를 제외하고 그

런 식으로 제자를 삼은 인재들의 수가 대략 오십여 명에 이르렀다. 바로 그들이 현재 산외산의 핵심 전력이 된 것이다.

말이 좋아 오십여 명이지 그들 개개인의 실력이 여타 문파의 장로들 수준을 가볍게 뛰어넘을 정도임을 감안한다면 당금 무림에 그들만큼 강력한 집단은 없다고 해도 과언은 아니었다.

그나마 단우 노야의 행방불명과 내부적인 암투로 인해 삼분지 일 정도의 전력이 날아간 것이 무림으로선 천만다행한 일이라 할 수 있었다.

"우리도 이쯤에서 마무리를 지어야겠소."

곳곳에서 들려오는 비명 소리를 들으며 종무외가 손안에서 놀던 돌멩이의 움직임을 멈췄다.

"얼마든지."

사공중이 검을 곧추세우며 고개를 끄덕였다.

종무외가 기세를 끌어 올리자 그윽한 향기 대신 비릿한 혈향이 사방을 뒤덮은 유채밭, 부드럽게 흩날리던 꽃잎이 광풍에 휩쓸리며 사방으로 휘몰아쳤다.

아무렇게나 흩날리던 꽃잎이 얼마나 막강한 위력을 지니게 되는지는 이미 경험한 터.

사공중은 종무외의 기세가 최고조에 이르기 전에 이미

움직이기 시작했다.

사공세가의 독문검법이자 천하제일 검법이라 인정받는 무상심의검의 절초가 사공중의 손끝에서 펼쳐졌다.

섬전처럼 빠르지도, 태산을 무너뜨릴 정도의 강맹한 힘도, 눈이 부실 정도로 화려한 변화도 없이 단편적이고 정직한 움직임이었지만 오히려 그랬기에 더 무서웠다.

가장 정석적인, 어떤 허점도 약점도 없는 것으로 유명한 것이 바로 무상심의검이기 때문이었다.

종무외의 강력한 반발에도 불구하고 사공중의 검은 묵묵히 전진하며 그의 목숨을 노렸다.

휘몰아치는 강풍도, 날카로운 암기로 변한 유채꽃잎도 사공중의 검에서, 그의 몸에서 피어오른 기세에 힘없이 사그라졌다.

이를 악문 종무외가 양손을 교차하며 손에 든 돌멩이를 던지곤 열 손가락을 쫙 펴 앞으로 뻗었다. 그러자 어느새 손가락 사이에 끼어 있던 암기들이 아무렇게나 흩날리던 유채꽃 사이로 숨어들었다.

이름 하여 화풍비투공(花風飛投功).

무수히 날아드는 유채꽃잎과 유채꽃잎 사이에 몸을 숨긴 채 절호의 기회를 노리고 있는 암기.

마지막 남은 전력을 모조리 쏟는다는 듯 종무외의 손에

서 연이어 뿌려지는 암기의 수는 사방 천지를 뒤덮을 정도로 늘어났다.

아차 하는 순간에 그대로 목숨이 날아갈 정도로 위험한 순간에도 사공중은 묵묵히 검을 휘두르며 한 걸음 한 걸음 전진했다.

내뱉는 숨결에서 단내가 느껴지고 넝마가 되어버린 의복은 흘린 피로 붉게 물들었다.

발걸음은 조금씩 느려졌지만 사공중은 종무외의 모든 공격을 온몸으로 받아내며 지금의 상황을 일거에 역전시킬 마지막 일격을 준비했다.

무종무상(無終無想).

무상심의검의 최후의 절초.

구성에 이른 심득에 불과하지만 적의 최후를 장식하기엔 충분하리라.

우직하고 느리기만 했던 검 끝이 미묘하게 흔들리고, 마침내 사공중이 기다리고 기다리던 최후의 일격을 날리려던 찰나였다.

사공중 앞으로 난데없이 돌멩이가 날아들었다.

좌우에서 날아든 돌멩이의 수는 모두 네 개.

조금 전에 종무외가 던진 돌멩이였다.

사공중의 머리를 노린 듯했으나 너무 빨랐다.

그가 도착하기도 전, 엄청난 속도로 움직인 돌멩이는 사 공중이 아니라 마치 서로를 노렸다는 듯 맹렬하게 부딪쳤 다.

사공중은 돌멩이가 빗나갔다는 것을 알면서도 혹시나 하는 마음에 방심하지 않았다.

그 정도의 속도로 부딪쳤다면 흩어지는 파편마저도 무 시무시한 암기가 될 수 있었고 어쩌면 상대도 그것을 노리 고 있을지도 모른다는 생각 때문이었다.

결과적으로 그의 예상은 맞았다.

문제는 그가 예상한 것보다 충격의 여파가 훨씬 더 크다 는 데 있었다.

쾅!

단순히 돌멩이 부딪치는 소리가 아니었다.

사공중은 순간적으로 섬광이 눈으로 파고든다는 느낌을 받았다.

그리고 이어지는 충격.

"크헉!"

외마디 비명과 함께 사공중의 몸이 허공에 붕 떠서 날아 갔다.

본능적으로 끌어당긴 검이 미간부터 단전까지를 보호했 지만 그건 단지 즉사를 면하게 했을 뿐 짙게 드리운 죽음의 그림자까지 막아내진 못했다.

"비… 겁하게 잔수를……."

사공중은 미처 말을 끝내지도 못하고 검붉은 피를 왈칵 쏟아내며 비틀거렸다. 움직일 때마다 상처에서 폭포수처럼 피가 솟구쳤다.

분노에 찬 눈빛으로 종무외를 노려보던 사공중은 어느 순간 허무한 눈빛으로 허공을 올려다보았다.

승부의 세계는 냉정한 것, 생사가 오가는 상황에서 비겁이니 잔수니 따진다는 것 자체가 비겁한 변명에 불과하다는 것을 깨달은 것이다.

흐릿해지는 눈길로 주변을 돌아보았다.

아직까지 버티고 있는 수하들이 있기는 했지만 극소수에 불과했고 그들 역시 곧 쓰러질 터였다.

사공중의 눈길이 마지막으로 머문 곳에 친우 곽동이 있었다.

자신보다 훨씬 어린 적을 맞아 고전에 고전을 거듭하던 곽동은 결국 최후의 비기를 사용하여 백유명을 완벽하게 무력화시키는 데 성공했다. 운이 좋다면 목숨을 건질 수는 있겠으나 다시금 예전의 무공을 회복하기란 불가능할 것이다.

'자네답군.'

사공중은 백유명에게 치명타를 안긴 대가로 자신을 향해 힘없이 굴러오는 곽동의 머리를 보며 처연한 미소를 보냈다.

사공중이 곽동의 머리를 향해 손을 뻗었다.

곽동의 머리를 품에 안은 사공중의 입가에 삶의 마지막 미소가 지어졌다.

"잘 가시오."

장렬한 최후를 맞은 사공중과 곽동을 향해 나름의 예를 표한 종무외가 백유명을 향해 고개를 돌렸다.

백유명을 치료하기 위해 안간힘을 쓰고 있는 사제들의 표정이 심각한 것을 보니 부상 정도가 심각해도 보통 심각한 것 같지가 않았다.

"어때?"

종무외의 물음에 지혈을 하고 있던 두여군이 어두운 표정으로 고개를 저었다.

"부상 정도가 너무 심합니다."

"그래 보이긴 하지만……."

종무외는 상처 부위에서 솟구치는 피를 보며 입을 다물었다.

"가슴 쪽 상처도 그렇지만 단전도 상한 것 같은데 맞아?"

지금껏 사공세가의 뒤를 쫓아오며 그들의 동향을 살폈던 등영이 백유명의 아랫배를 가리키며 물었다.

"맞아. 단전도 파괴됐어. 하지만 목숨에 직접적인 영향을 주는 것은 바로 가슴의 상처야. 아무래도 심장이 직접적으로 상한 것 같아."

두여군이 핏물이 뚝뚝 떨어지는 헝겊을 치우고 새로운 붕대로 상처 부위를 막았다.

"다른 사람들은, 피해는 얼마나 되지?"

"셋이 당했습니다. 유명까지 포함하면 넷입니다."

천포의 대답에 종무외의 안색이 살짝 찌푸려졌다.

"넷이나?"

질문에 짜증이 잔뜩 묻어났다.

사공세가가 예상외로 강했다는 것은 인정하지만 그건 무리를 이끌던 수장들에 국한된 것이고 수하들은 애당초 상대가 되지 않는 수준이었다.

그럼에도 네 명이나 당했다는 것은 받아들이기 힘든 결과였다. 어쩌면 자신들이 사공세가의 실력을 너무 무시한 것은 아닌가 하는 의심이 생길 정도였다.

"어쨌든 일차 목표는 제거했다. 다음은 당가다. 두여군."

여전히 치료에 열중이던 두여군이 손은 그대로인 채 고

개만 돌렸다.

"예, 사형."

"유명은 아무래도 함께하지 못할 것 같으니 네가 남아 유명을 살펴야겠다."

"알겠습니다."

짧게 대답한 두여군이 다시 고개를 돌리려는 찰나, 어느새 다가온 종무외가 그의 어깨에 손을 올렸다.

"꼭 살려. 폐인이 되어도 상관없으니까 꼭."

종무외의 흔들리는 눈동자를 지그시 바라보던 두여군이 무겁게 고개를 끄덕였다.

"예."

단 한 마디에 불과한 대답이었지만 두여군의 진심이 담긴 음성은 종무외를 비롯한 모든 사형제들에게 믿음을 주기에 충분했다.

*   *   *

"하아! 하아!"

거친 숨을 내뱉으며 내달리는 여인, 땀이 범벅이 된 채 질주하는 그녀의 바로 뒤에서 죽을힘을 다해 보조를 맞추던 사내가 쓰러지듯 주저앉았다.

가벼운 부상을 당한 여인과는 달리 사내의 부상은 한눈에 봐도 심각해 보였다.

"조, 조금만 쉬자. 숨도 못 쉬겠다."

"지금은 쉴 때가 아니야. 언제 추격대가 올지 모른다고. 빨리 일어나."

여인이 답답하단 표정으로 소리쳤다.

"몰라. 쉬지 않고 전력으로 달린 지 벌써 한 시진째야. 이젠 정말 죽어도 못 뛰겠다. 하도 피를 흘려서 그런지 정신까지 혼미해지는 것 같고."

"그러다 정말 죽어. 잊었어? 만월대(滿月隊)에서 살아남은 사람은 이제 장 오라버니와 나뿐이야."

"알지, 알고말고."

장촉은 어느새 몸을 대자로 뉘였다.

"그런데 말이다, 난 부대주 너와는 달라. 당가에서도 성골(聖骨)인 당가려, 너와는 태생적으로 다르다고."

장촉의 말이 엄살이 아니라고 여긴 당가려가 그의 옆에 주저앉으며 말했다.

"또 그 소리! 정말 지겹지도 않아?"

성난 음성과는 달리 당가려의 표정에선 그다지 화난 기색이 없었다.

장촉의 말에 전혀 악의가 없다는 것을 알고 있었고 오랫

동안 함께 지내며 지금과 같은 농담을 수도 없이 들어왔기에 그러려니 하고 넘어가는 것이다.

"그나저나 큰일이다. 화원장(花園莊)까지 무너진 이상 이제 남은 곳은 당가뿐이야."

"그러게. 아무튼 한심해 죽겠어. 아미파와 청성도 그렇고, 처음부터 우리와 힘을 합쳤으면 이런 꼴은 당하지 않았을 텐데 말이야."

당가려는 자존심을 굽히지 않고 끝까지 버티다 마지막에서야 지원군을 요청한 화원장의 행동에 몹시 분개했다.

당가에 비할 바는 아니나 사천무림에서 화원장이 차지하는 비중은 상당했다.

문제는 유난히 당가와 사이가 좋지 않다는 것.

화원장은 당가를 중심으로 하는 연합군에 참여하기를 거부하고 그들을 지지하는 몇몇 군소문파들과 힘을 모았다. 아미파와 청성을 중심으로 만들어진 연합군에 이은 또 다른 연합군의 결성이었다.

힘을 하나로 모아도 모자랄 판에 세 곳으로 힘이 분산되었으니 결과는 자명했다.

가장 먼저 아미파와 청성파가 중심이 된 연합군이 박살이 났고 두 번째로 화원장이 중심이 된 연합군이 무너졌다.

백의종군하고 있는 신도세가 청룡대의 활약으로 그나마 아미파와 청성 연합군은 최악의 상황을 모면했지만 규모 면에서 가장 열세이면서 자존심만 높았던 화원장은 말 그 대로 처참하게 박살이 났다.

뒤늦게 당가에 지원군을 요청했고 고심하던 당가에서 만월대를 지원군으로 급파했다.

전세를 역전시킬 수 있다는 기대 따위를 한 것은 아니 다. 그저 어떻게든 화원장이 완전히 무너지는 것을 막아 마불사의 전력이 온전히 당가로 향하는 것을 막기 위함이 었다.

하지만 만월대가 화원장에 도착했을 땐 이미 모든 상황 이 종료된 후였고 만월대는 오히려 마불사의 함정에 걸려 처참한 피해를 입고 말았다.

첫 번째 포위망을 뚫고 탈출 과정에서 대주 당건을 비롯 하여 절반이 넘는 인원이 목숨을 잃었고 대원들이 뿔뿔이 흩어진 이후에도 적들의 집요한 추격은 계속되어 이제 생 존자는 극소수에 불과했다.

"아미와 청성이 합류를 했다고 하니 그나마 다행이 다."

장촉의 말에 당가려가 코웃음을 쳤다.

"흥! 빈껍데기만 남은 자들이 합류를 해봤자 무슨 도움이 된다고."

"그래도 없는 것보다는 낫지. 게다가 청룡대도 있잖아."

"음, 청룡대는 인정. 일전에 무황성에서도 멀리서나마 본 적이 있는데 확실히 신도세가의 정예라 그런지 대단하긴 했어. 하지만 그들에 비하면 조족지혈에 불과할걸."

"그들… 이라니?"

"아, 장 오라버니는 모르겠네. 비밀 유지를 위함인지 세가 내에서도 일부의 사람들만……."

"알았다고. 네가 성골인 건 아니까 서론은 필요 없고. 말해봐. 그들이 누구야?"

장촉이 궁금함과 짜증이 뒤섞인 표정으로 물었다.

"사공세가."

대자로 누워 고개만 살짝 치켜세우고 있던 장촉이 벌떡 일어났다.

"지… 금 누구라고 했어?"

"사공세가. 그들이 은밀히 지원군을 보낸다고 하더라고."

"어, 언제? 언제 도착한대?"

천하제일가로 추앙받는 사공세가의 움직임에 장촉의 눈빛이 활활 불타올랐다.

"사실 나도 정확히는 몰라. 우연찮게 듣게 된 거라. 어쩌면 이미 도착해 있을 수도 있겠지."

장촉의 얼굴에서 살짝 실망감이 비쳐졌다.

"지원군이 얼마나 오는지 모르고?"

"많지는 않다고 한 것 같긴 한데 그것도 잘 모르겠네."

당가려가 민망한 웃음을 지으며 고개를 흔들었다.

"상관없어. 어차피 숫자가 중요한… 위험해!"

환한 얼굴로 말하던 장촉이 당가려의 어깨 너머에서 맹렬한 속도로 접근하고 있는 물체를 확인하곤 그녀의 팔을 황급히 낚아챘다.

장촉과 당가려가 한 몸이 되어 뒹구는 순간, 간발의 차이로 날아든 선장(禪杖)이 당가려가 앉아 있던 자리에 깊숙이 박혔다.

그 위력이 얼마나 대단한지 선장이 박힌 주변으로 땅이 쩍쩍 갈라질 정도였다.

"제길! 따라잡혔어."

장촉이 왼쪽으로 몸을 굴리며 말했다.

"그러니까 여기서 쉬는 게 아니었다고!"

장촉과 반대편으로 몸을 굴리며 튕기듯 일어난 당가려가 빠르게 접근하는 적을 노려보며 소리쳤다.

"하나, 둘, 셋… 망할!"

접근하는 적의 숫자를 세는 장촉의 얼굴이 참담하게 변해 버렸다.

숫자는 모두 여섯 명, 정상적인 몸 상태라도 버거운 숫자인데 지금처럼 부상을 당한 몸이라면 도저히 감당할 수가 없었다. 무엇보다 가장 앞서 달려오는 적의 이마에 낙인처럼 박힌 계인의 숫자가 여섯 개였다.

만월대주의 목숨을 빼앗은 자의 이마에도 여섯 개의 계인이 박혀 있었으니 지금 나타난 자도 최소한 그와 버금가는 실력을 지닌 고수일 터였다.

"일단 내가 막아볼 테니까 신호하면 도망쳐."

당가려가 두 자루의 소도를 꺼내 들며 말했다.

"내가 할 말이다. 어차피 이 몸으론 도망도 못 쳐. 내가 최대한 시간을 끌 테니까 너라도 도망쳐라. 만월대의 체면이 있지 몰살을 당할 수는 없잖아."

죽음을 초월한 것인지 아니면 삶을 포기한 것인지 비틀거리며 몸을 일으키는 장촉이 어울리지 않는 농을 던졌다.

"도망도 못 칠 정도의 몸으로 시간은 어떻게 끌어? 관두자. 괜히 구차해지는 것도 싫고 저놈들의 사냥감이 되는 것도 지겨워."

당가려 역시 장촉처럼 삶에 대한 미련을 버린 듯 한결 편해진 얼굴로 말했다.

두 사람이 마주 보며 웃는 사이 적들이 도착했다.

젊은 마승이 땅에 박힌 선장을 회수하여 능라천의(綾羅天衣)를 걸친 중년 승에게 공손히 바쳤다.

"이제서야 마지막 미꾸라지를 잡게 되었구나."

근엄한 얼굴과는 전혀 어울리지 않는 가느다란 음성과 천박한 말투에 당가려는 얼굴 가득 비웃음을 띠었다.

"마불사 어쩌고 해도 그래도 명색이 부처를 모시는 스님일 텐데 완전히 잘못 짚었네. 사이비 땡중에 불과했어."

당가려의 도발에도 중년 승은 미동조차 하지 않았다. 오히려 태연한 웃음을 띠며 당가려의 몸을 찬찬히 훑었다.

음욕(淫慾)이 가득한 눈길을 확인한 당가려는 마치 뱀의 혓바닥이 자신의 몸을 쓰다듬는 듯한 느낌에 몸서리쳤다.

당가려의 미모와 몸매가 마음에 들었는지 만족한 웃음을 지은 중년 승이 선장으로 장촉을 가리키며 명을 내렸다.

"저놈은 숨통을 끊어 들짐승의 먹이로 던져 주고 저 계집은 산 채로 잡아라. 환희존자라는 이름을 걸고 내 친히 환희불을 알현할 수 있는 영광을 줄 것이다."

환희불이 무슨 뜻인지 눈치챈 당가려가 수치심을 이기지 못하고 부들부들 떨 때, 자신들에게도 틀림없이 기회가 올 것이라 여긴 젊은 마승들은 색욕으로 가득한 눈으로 당가려를 바라보다 서로 눈짓을 주고받았다.

세 명이 당가려에게, 나머지 두 사람이 장촉에게로 움직였다.

공격 방법도 당연히 갈렸다.

장촉에겐 매서운 살수가 쏟아지는 반면에 당가려에게 형식적인 공격만 이어졌는데 그녀가 제 풀에 지쳐 쓰러지기를 원하는 것 같았다.

하지만 만월대의 부대주이자 과거 무황성에서 열린 천추지연에서 뭇 문파들의 후기지수를 꺾고 당당히 준우승을 거둔 그녀의 실력은 마불사의 젊은 마승들에게 무시를 당할 정도로 약하지 않았다.

지금까지 그녀를 쫓다 목숨을 잃은 추격대의 숫자만 해도 열을 훌쩍 넘길 정도였다.

그것을 전혀 몰랐다는 것이 젊은 마승들에겐 불행이라면 불행이었다.

적당히 분위기를 맞춰주며 기회를 노리던 당가려의 눈빛이 갑자기 돌변하고 양손에 들고 있던 소도가 춤을 추기 시작하자 느긋하게 그녀를 공략하던 마승들의 얼굴에 당황하는 빛이 역력했다.

"조심해라! 계집의 실력이……."

돌변한 당가려의 기세에 놀라 경고를 하던 환희존자의

말이 채 끝나기 전 젊은 마승들의 입에서 비명이 터져 나왔다.

왼손에 든 소도에 목을, 오른손의 소도에 심장을 꿰뚫린 젊은 마승 둘이 외마디 비명과 함께 그대로 숨이 끊어졌다.

당가려가 마지막 남은 적을 향해 재차 몸을 움직이려 하자 환희존자가 재빨리 그녀의 앞을 가로막았다.

"이 계집은 내게 맡기고 너도 저놈을 공격해라."

환희존자가 당가려만큼은 아니더라도 나름 잘 버티고 있는 장촉을 향해 턱짓을 했다.

중년 승의 말을 들은 당가려의 안색이 어두워졌다.

적들의 합공에도 지금까지 잘 버텨내긴 했지만 부상이 심한 상태에서 삼 대 일은 절대 무리였다.

금방 한계에 이를 것이고 결국은 처참히 쓰러질 터였다.

그것을 막기 위해서라도 눈앞의 적을 최대한 빨리 쓰러뜨려야 했다.

'문제는 저 색승이 만만치 않다는 것이지.'

만만치 않은 정도가 아니라 솔직히 버거운 상대였다.

당가려는 일말의 머뭇거림도 없이 몸을 날렸다.

그녀는 공격이 최선의 방어, 불리하다 싶을 때는 무조건 선공이라는 개념이 확고했다.

＊　　　＊　　　＊

"지금 그게 무슨 말인가? 사공… 세가의 지원군이 어찌 되었다고?"

며칠째 뜬눈으로 밤을 새우느라 안색은 초췌했지만 눈 속 깊게 자리한 투명한 눈빛만큼은 여전히 날카로운 기운을 내뿜고 있던 당암의 검미가 부들부들 떨렸다.

"모, 모조리 목숨을 잃었다고 합니다."

보고를 하는 당표의 목이 격정으로 잠겼다.

"이럴 수가! 정녕 하늘이 당가를, 중원 무림을 버리려는 것인가?"

당암은 울컥하는 감정을 이기지 못하고 멍하니 고개를 들어 창문 밖 하늘을 바라보았다.

마불사의 본격적인 공격이 시작됐을 때, 아미파와 청성파 연합군이 허무하게 무너졌다는 소식을 전해 들었을 때도 나름 담담함을 유지했던 그였으나 당가에 드리운 위기를 타개하는 데 결정적인 역할을 하리라 기대했던 사공세가의 지원군이 몰살당했다는 소식은 실로 감당키 힘든 충격이었다.

그런 당암의 모습에 자리에 모인 이들의 안색 또한 무겁게 변했다.

"누구던가? 마불사의 병력에 당한 것인가?"

여전히 창문 밖 하늘에 시선을 고정시킨 당암이 힘 빠진 음성으로 물었다.

당가의 모든 정보망을 관장하는 동생 당표가 무거운 표정으로 고개를 저었다.

"마불사는 아닙니다. 사공세가의 지원군이 비록 규모는 작다고 해도 지닌 전력은 결코 만만한 것이 아니지요. 그런 사공세가를 저토록 완벽하게 몰살을 시키려면 마불사에서도 상당한 전력을 동원해야 합니다. 하지만 마불사에선 그만한 인원이 움직이지 않았습니다. 설사 마불사에서 우리의 이목을 피해 병력을 움직였다고 해도 인근에서 지원군을 기다리고 있던 신천옹의 이목까지 속일 수는 없습니다. 신천옹에서도 마불사는 아니라는 의견이었습니다."

그제야 하늘만 바라보던 당암의 시선이 당표에게 향했다.

"하면 어디란 말인가?"

잠시 머뭇거리며 당암과 주위를 살피던 당표가 조심히 입을 열었다.

"아무래도 산외산의 고수들이 직접 움직인 것 같습니다."

"음."

"산외산 놈들이!"

"마침내 꼬리를 드러냈구나!"

곳곳에서 경악과 함께 분노의 탄식이 터져 나왔다.

"아우의 생각인가, 아니면 신천옹의 생각인가?"

"신청옹의 의견이었습니다만 제 생각도 같습니다. 루외루가 그들의 야욕을 드러냈듯 세외사패를 앞세운 산외산도 본격적으로 움직이려는 것 같습니다."

"그것이 하필이면 우리 쪽이라는 것이 문제로군."

당암이 허탈한 웃음을 내뱉었다.

"하면 수호령주는 어찌 되었느냐? 사공세가에서 지원군이 오고 있다는 것을 알았다면 수호령주의 움직임 역시 간파했을 것이다. 놈들이 두고 보지만은 않았을 터인데."

당가의 장로이자 독을 연구하는 독왕전(毒王殿)의 전주 당후인이 가슴까지 내려온 새하얀 수염을 신경질적으로 움켜쥐며 물었다.

"아직까지는 별다른 문제는 없는 것으로 압니다."

"마지막으로 연락을 취한 것이 언제인가?"

당암이 다시 물었다.

"하루 전입니다."

"충분한 변수가 있을 수 있겠군."

당암은 산외산에서 수호령주를 제거하기 위해 움직였을 것이라 확신하는 듯했고 좌중에 모인 이들 역시 대부분이 그의 생각에 동조하는 모습이었다.

그들은 그토록 막강했던 사공세가의 지원군이 몰살당했다는 것을 감안했을 때 별다른 병력 없이 소수로 움직이는 수호령주 역시 무사하지는 못할 것이라 판단했다.

하지만 무황성에서 수호령주의 활약상을 똑똑히 보아온 몇몇 사람은 생각이 전혀 달랐다.

대표적인 사람이 바로 무황성에서 얼마 전에 돌아온 장로 당호였다.

"수호령주는 무사할 것이니 가주는 너무 걱정하지 말게."

"저도 그랬으면 좋겠습니다, 당숙."

하나, 당암은 그것이 가능하겠냐는 듯 안타까운 미소를 지어 보이며 한숨을 내쉬었다.

"아무래도 불안한 모양이군. 다시 말하지만 걱정할 것 없네. 솔직히 마음 같아선 놈들이 공격을 해줬으면 하는 바람도 있다네. 루외루가 그랬듯 놈들도 박살이 날 테니 말이야."

당호의 호언장담에 당암은 물론이고 좌중에 모인 이 대부분이 어이가 없다는 표정을 지었다.

"자네가 그토록 확신하는 것을 보면 수호령주에 대한 소문이 그렇게 부풀려진 것만은 아닌 모양이군."

신기전(神技殿) 전주 당묘수의 눈빛이 호기심으로 반짝거렸다.

"축소할 것도, 부풀릴 것도 없이 그저 있는 그대로 받아들이면 될 겁니다. 무황성에서 큰소리를 치던 사대가문에 톡톡히 망신을 준 것은 차치하고 루외루의 정예들을 박살낸 것만 보더라도 그가 어떤 실력을 지녔는지 충분히 증명되었을 테니까요. 이번에 산외산의 주인이라는 단우 노야와의 경천동지할 싸움만 보더라도……."

침을 튀겨가며 열변을 토하던 당호의 음성은 회의실의 문을 박차고 뛰어든 청년으로 인해 멈춰졌다.

"가주님!"

회의실에 모인 이들의 시선이 일제히 그에게 쏠렸다.

"무슨 일이기에 이리 야단이냐?"

회의실에 난입한 청년이 자신의 큰아들 당하교임을 확인한 당표가 엄한 표정으로 소리쳤다.

평소라면 부친의 그런 표정에 숨도 쉬지 못할 당하교였지만 이번만큼은 달랐다.

"큰일 났습니다. 만월대가……."

만월대라는 말에 당표의 안색이 확 변했다.

"만월대라면 화원장을 돕기 위해……."

당표의 말이 끝나기도 전에 날듯이 달려간 독왕전주 당후인이 그의 목을 틀어쥐고 물었다.

"똑바로 말해라. 만월대, 아니, 우리 가려가 어찌 되었다는 것이냐?"

*　　　*　　　*

"아악!"

외마디 비명과 함께 당가려의 가녀린 몸이 무참히 나가떨어졌다.

거의 십여 장을 날아가 처박힌 곳은 피투성이가 된 장촉이 힘겹게 버티고 있는 곳이었다.

장촉을 마음껏 희롱하던 마승들은 갑작스레 날아든 당가려를 보며 흠칫 놀랐지만 금방 상황을 파악하곤 장촉에게 향했던 공세마저 거두고 한 걸음 물러났다.

"부, 부대주!"

장촉이 비틀거리며 걸어가 쓰러진 당가려를 안아 들었다.

"오라… 버니."

당가려의 입에서 힘없는 음성이 흘러나왔다.

얼굴 한쪽이 크게 부풀어 올랐고 왼쪽 팔이 덜렁거리는 것이 완전히 부러진 것 같았지만 다행히 의식을 잃은 것 같지는 않았다.

"괜찮아?"

장촉이 애써 밝은 목소리로 물었다.

"재수 없는 색승에게 한 방 먹이긴 했는데 결국 이 꼴이 네."

웃음을 짓던 당가려가 고통이 몰려오는지 갑자기 얼굴을 찌푸렸다.

"잘했어. 너니까 가능했던 거다. 저런 비루한 놈들한테도 헤매는 나라면 불가능했을 거야. 그래도 한두 놈은 저승길에 동반할 수 있을 줄 알았는데 아쉽네. 몸만 멀쩡했다면."

장촉은 조롱하듯 자신들을 바라보는 마불사의 젊은 마승들을 지그시 바라봤다. 자조하듯 입가는 웃고 있었으나 눈동자만큼은 분노로 인해 활활 타오르고 있었다.

장촉의 시선이 환희존자에게 향했다.

환희존자의 어깨 쪽에 깊숙이 박힌 소도를 보곤 당가려가 한 방 먹였다는 것이 어떤 의미인지 알 수 있었다.

"크크크! 아주 제대로 먹였다. 조금 아래였으면 더 좋았 겠지만 말이야."

통쾌하게 웃던 장촉이 갑자기 기침을 하며 검붉은 피를 잔뜩 토해냈다. 피의 대부분이 당가려의 몸에 쏟아졌다.

"괜… 찮아?"

당가려가 걱정스런 눈빛으로 물었다.

"곧 뒈질 몸이 괜찮아봤자지. 그나저나 옷이 더러워져서 어쩌냐?"

"곧 뒈질 몸인데 뭐."

당가려가 장촉의 말투를 흉내 내며 말했다.

두 사람은 마주 보며 웃다가 다시 고통스런 신음을 내뱉었다.

간신히 호흡을 고른 당가려가 장촉의 눈을 직시하며 말했다.

"나 부탁이 있는데."

"말해봐. 죽는 마당에 들어줄 가능성은 거의 없다만 일단 듣기는 해줄게."

장촉이 키득거리며 웃었다.

"죽여줘."

전혀 생각하지 못한 말에 장촉의 몸이 그대로 굳었다.

"아까 저 색승이 무슨 말을 하는지 들었잖아. 이대로 잡히면 어떤 짓을 당할지 오라버니도 알잖아. 내가 하고 싶은데 손가락 하나 까딱할 힘이 없네."

당가려의 슬픈 미소를 보는 장촉의 눈동자가 거칠게 흔들렸다.

그녀가 무슨 말을 하는 건지 충분히 이해를 했다.

원하는 대로 해줘야 한다는 것도 안다.

하지만 결코 쉬운 일이 아니었다.

"부탁해. 시간이 없어."

어깨에 박힌 소도를 빼내고 간단히 지혈을 한 환희존자가 분노와 더불어 음욕으로 불타오르는 눈빛을 하고 다가오고 있음을 눈치챈 당가려가 다급히 말했다.

자칫하여 환희존자가 눈치라도 채면 장촉이 부탁을 들어주고 싶어도 그럴 수 없는 상황이 발생할 수도 있다는 두려움이 밀려들었다.

선택의 기로에 선 장촉이 간절한 당가려의 눈빛을 보며 입술을 꽉 깨물었다.

그가 결심을 했다는 것을 본능적으로 느낀 당가려가 환한 미소를 지었다.

장촉이 당가려 곁에 떨어져 있던 소도를 집어 들었다.

"먼저 가지 말고 기다려. 금방 따라갈 테니까."

장촉이 당가려의 볼을 가볍게 쓰다듬으며 말했다.

"그래."

당가려가 천천히 눈을 감았다.

"고마워. 그리고 미안해."

당가려의 읊조림을 들으며 장촉이 소도를 움켜쥔 손에
힘을 주었다.

『천산루』10권에 계속…

초대형 24시 만화방

신간 100%, 샤워실, 흡연실, 수면실(침대석), 커플석, 세탁기 완비

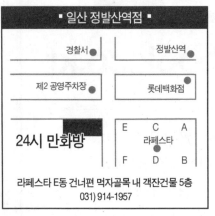

■ 일산 정발산역점 ■

경찰서 ● ● 정발산역
제2 공영주차장 ● ● 롯데백화점
24시 만화방
E C A
라페스타
F D B

라페스타 E동 건너편 먹자골목 내 객잔건물 5층
031) 914-1957

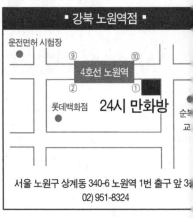

■ 강북 노원역점 ■

운전면허 시험장 ●
⑨ ⑩
4호선 노원역
② ①
롯데백화점 ● 24시 만화방
순복
교

서울 노원구 상계동 340-6 노원역 1번 출구 앞 3층
02) 951-8324

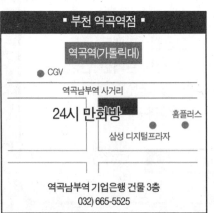

■ 부천 역곡역점 ■

역곡역(가톨릭대)
● CGV
역곡남부역 사거리
24시 만화방
● 홈플러스
삼성 디지털프라자

역곡남부역 기업은행 건물 3층
032) 665-5525

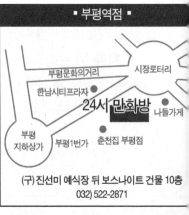

■ 부평역점 ■

부평문화의거리 시장로터리
한남시티프라자 ●
24시 만화방 나들가게
부평 부평1번가 춘천집 부평점
지하상가

(구) 진선미 예식장 뒤 보스나이트 건물 10층
032) 522-2871

ODD
LAWYER

FUSION FANTASTIC STORY
미더라 장편 소설

Devil's
Balance 괴짜 변호사
악마의 저울

『즐거운 인생』 미더라 작가의
2015년 대작!

현직 변호사, 형사, 프로파일러, 범죄심리학 전문가 자문으로
현장의 생생함을 그대로 담아낸 현대 판타지!

『괴짜 변호사 : 악마의 저울』

"제가 왜 한 번도 패소한 적이 없는 줄 아십니까?"

"……"

"저는 법으로만 싸우지 않거든요."

법의 칼날 위에서 춤추는 자들과의
치열한 공방이 펼쳐진다!

Book Publishing CHUNGEORAM

박선우 장편 소설
FUSION FANTASTIC STORY

PERFECT GAME

퍼펙트 게임

고통과 좌절의 시간들을 뛰어넘어
불사조처럼 일어나 세계를 제패한 사나이의 일대기.

대한민국을 넘어 메이저리그를 평정하며
명예의 전당에 헌정된 언터처블 투수, 이강찬.

강철 같은 어깨에서 뿜어져 나오는 그의 패스트볼은
무적이었으며 야구계에 길이 남을 **신화**였다.

야구만을 사랑했던 고독한 사나이.
그의 퍼펙트게임이 이제 시작된다!

Book Publishing CHUNGEORAM

글삶 장편 소설

FUSION FANTASTIC STORY

세상을 다 가져라

[세상을 다 가져라]

**문피아 선호작 베스트 작품 전격 출간!
현대판타지, 그 상상력의 한계를 넘어서다!**

권고사직을 당한 지 2년째의 백수 권혁준.

우연히 타게 된 괴상한 발명품으로 인해
과거로 회귀한다!

그런데
과거로 온 혁준의 손에 들려 있는 것은 바로
최신형 스마트폰!

"까짓 세상, 죄다 가져 버리겠다 이거야!"

백수였던 혁준의 짜릿한 인생 역전이 시작된다!

Book Publishing CHUNGEORAM

유행이 아닌 자유추구 -
WWW. chungeoram.com

박선우 장편 소설
FUSION FANTASTIC STORY
PERFECT GAME
퍼펙트 게임
고통과 좌절의 시간들을 뛰어넘어
불사조처럼 일어나 세계를 제패한 사나이의 일대기.
대한민국을 넘어 메이저리그를 평정하며
명예의 전당에 헌정된 언터처블 투수, 이강찬.
강철 같은 어깨에서 뿜어져 나오는 그의 패스트볼은
무적이었으며 야구계에 길이 남을 신화였다.
야구만을 사랑했던 고독한 사나이.
그의 퍼펙트게임이 이제 시작된다!
Book Publishing CHUNGEORAM
www.chungeoram.com

가프 장편 소설

관상왕의
1번룸

FUSION FANTASTIC STORY

거대한 도시의 그늘에서 벌어지는
짜릿하고 통쾌한 이야기!

『관상왕의 1번룸』

텐프로의 진상 처리 담당, 홍 부장.
절망적인 삶의 끝에서 만난 남국의 바다는
그를 새로운 인생으로 인도하는데……

쾌락을 원하는 거부, 성공에 목마른 사업가,
그리고 실패로 절망한 사람들이여.

여기, 관상왕의 1번룸으로 오라!

Book Publishing CHUNGEORAM

유행이 아닌 자유추구 -
WWW. chungeoram.com

현대 소환술사
THE MODERN SUMMONER
FUSION FANTASTIC STORY
현윤 퓨전 판타지 소설
하늘이 무너져도 솟아날 구멍은 있다!
드래곤의 실험으로 모진 고난을 겪어야 했던 레비로스!
우여곡절 끝에 소환술사가 되어 최강의 자리에 오르지만
운명은 그를 나락으로 떨어뜨린다.
『현대 소환술사』
다시 한 번 주어진 삶!
그러나 그마저도 암울하기 그지없는데…….
소환술사 레비로스의
인생 역전이 시작된다!
Book Publishing
유행이 아닌 자유추구
www.chungeoram.com